O MENINO CEGO E O TEMPO

Um menino foge no mato em carreira veloz. Desvia aqui e ali dos galhos, que surgem como braços, tanto mais garras quanto mais rápido ele corre. Quebra cipós de espinhos no peito nu, na testa, quebra estrepes nas passadas, se banha de sangue e orvalho das folhas e galhas, espinhos de cactáceas, que lhe furam dos pés à cara, e lhe cegam os olhos, imersos em suor, sangue e lágrimas. Corre, corre até esbarrar e se embolar numa moita fechada de espinhos ou de arame farpado, não consegue ver, apenas sente que ficou preso e está cego. Ouve passos rápidos atrás se aproximando. Sente chutes nas costelas, mãos puxando seus braços, socando sua cabeça, amarrando seus pulsos. É puxado pelo pescoço, arrastado pelo chão, posto de pé e puxado, não sabe se por corda ou cipó, se por homem ou animal. No momento não lembra de nada, de quem é, do que foi, apenas sente dor e pânico e que algo ou alguém terrível o prendeu. Folhas secas e restos mortos da mata se colaram ao suor e sangue de seu corpo. Ouve muitos passos na trilha por onde é empurrado. Há mais gente ali, quantos presos, quantos prendendo, não distingue. Percebe que está saindo do mato, pois a claridade aumenta como os vultos. O piso de folhas e gravetos da trilha diminui, e somem as ramas e cipós pela frente. O chão de macio e frio, se torna morno, áspero e duro, como caminho pedregoso, trilha de savana, caatinga, cerrado... Não enxerga, não lembra, só vê vultos, e sente que o sol esquenta. Não há sombra de mata, anda ao limpo. O suor escorre e arde nos cortes e feridas. Quando diminui a passada, leva um tapa, uma chicotada. Agora o sol esfria. Nuvem que passou por cima? Ou é a noite chegando? Os vultos ficam mais escuros. Mas não sabe do tempo, há quantas está andando. Meia hora, tarde inteira, quem sabe dias, meses, anos? Às vezes param a marcha, os vultos se sentam. Ele se deita. Chegou a dormir, dormiram? Sente que agora está acordado, mas o escurão da cegueira é quase sempre o mesmo, talvez mais claro quando o sol bate. Mas estará acordado? Ou será pesadelo. Dormiu de barriga cheia? Faz esforço para acordar: Acorda, acorda, acorde, repete em pensamentos. Mas pesadelo não é. Pesadelo não dói assim, dor de carne viva. O corpo está exausto e dolorido, os pés queimam na terra. O ar arde como pimenta ao entrar pelo nariz quebrado. O suor arde na pele cortada, e a lágrima arde nos olhos furados. Sente areia sob os pés, seria beira-mar? Não sabe ao certo. O tempo está seco, seria deserto? De quando em quando passa alguém levando água e comida à sua boca. Água ruim, gosto de velha, gosto de suja, e farinha seca sem gosto? Dois, três punhados rápidos de farinha. Três, quatro goles ofegantes de água, escorrendo pelo queixo, pelo peito, pelas feridas. Os sons mudam com o seguir da caminhada. Eram gemidos, vozes abafadas, e por trás cantos de aves, periquitos, passarada. Depois um longo silêncio, seguido de chiados e barulhos compridos, que tanto poderiam de um mar aproximado ou cachoeira caindo, caravana de camelos, trote de muares, tropas de mulas, carros de bois, rangido de trem, retirantes palmilhando estrada, lamentos ecoando, conversas ao vento, misturadas a estalos, zunidos, gritos curtos, chicotadas, gemidos e risadas... Até que o ar fica úmido, chuva rápida, que também arde. Param ao abrigo, ouve-se um chiado constante, como de um trânsito distante, rio fluindo, ondas morrendo na praia... Sente-se cheiro de molhado, de madeira antiga molhada, de ferros úmidos, enferrujados, roupa quarando, sob o sol quente e mormaço. A cegueira aclara, mas depois de alguns degraus e empurrão fica escura, quando é jogado dentro dum fechado, pequeno, apertado. Há ombros se trombando, corpos encostados. Caixa, calabouço, porão? Que importa? Cai no piso, esbarra nas laterais. Pelo barulho surdo, de ferro, ou dura madeira, e pelo frio e úmido do chão, piso de metal, carvalho molhado, parede de pedra, minando água? Parece ser largo, dando eco, e ao mesmo tempo apertado o lugar, depositado de muita gente, pois só agora percebe que não está preso sozinho. Há outros corpos, corpos humanos, gritos de raiva, gritos de ordem, e sons de socos, chutes secos, gritos de dor, murmúrios, lamúrias, choros isolados, risada desesperada, brados de ordens numa língua que não entende. A coisa se movimenta, lenta, range, ruge. Máquina, motor, ou pesada barca? É escura, abafada, quente, molhada, fedorenta e está lotada de gente. Três, trinta, trezentos? Não vê, não sabe, está amarrado imobilizado, por algemas ou correntes. A coisa desliza, mas vibrando e balançando, as vezes aos solavancos e então lenta, as vezes rápida e agora leve. O menino cego não imagina onde está, nem lembra de onde veio. Às vezes parece um marulho lá fora, como de águas se mexendo sobre o casco, barulho de rodas lentas de madeira na estrada, ou roda d'água de moinho. Dentro, sente um turbilhão de espectros cambaleante, como seu próprio corpo, vultos próximos, mornos, fétidos de suor, e agora de fezes e urina... Agachado, preso num canto, balança prum lado pro outro, pra frente, e pra trás, quando sente as costas baterem num lado duro, como se fechado sobre um carro de boi, ou no porão de um navio, ou preso num calabouço úmido, que se movimentasse, gaiola de gente, dependurada. Mas não importa. Está cego e sente dor. As vezes há rangido de corpos se retorcendo, pulos e tornozelos contra ferros. Correntes, grades, grilhões? Às vezes estalos, zunidos contra pele, estampidos, resvalos, contrações de corpos, reflexos de membros, nervos tremendo, arquejos que reverberam, corpos presos, como elos de uma só cadeia. Ele não vê, mas percebe e agora sabe que há um martírio coletivo, bruto, forçado, corpos torturados, mãos torturando... Não sabe onde está, que ano está, não sabe do tempo. Mil, mil e quinhentos, mil e novecentos, dois mil? Não sabe de números de marcação do tempo, nem que lugar, nem que gente é aquela, a que bate e a que apanha, que chora e que berra, a que prende e a que está presa. Sabe que há vozes de comando e vozes que clamam, choram, num fechado, um quadrado grande ou pequeno com paredes e teto baixo; lá fora o céu por cima, aves voando, e embaixo desse piso, terra, rodas ou um casco sobreo mar? Vozes: homens, velhos, mulheres, crianças? Ou tudo junto, mistura de gemidos e clamores? Não distingue. A coisa segue, o tempo passa. Passa? Um dia, uma semana? Ou já foi um mês, um ano, um século? Ouve uma prece chorosa, de medo. O cego lembra de deus... Mas há um deus aqui? Há um deus dos desgraçados? Seria aquilo um pesadelo ou não haveria deus. Se não for pesadelo, é isso o inferno e só há o demônio. Mas não, esse horror deve ser loucura... Ou será verdade? E o que existe lá fora? Se for o mar, há esperança: Uma tormenta, um naufrágio, que afogue todas as bocas e acabe com tudo, e acabe com o mundo, com essa desgraça e seus desgraçados... Mas quem são? Quem são os algozes e por quê? São feras, guerreiros, soldados, marujos, diabos, monstros? Não importa. Importa os desgraçados, homens, mulheres e crianças, famintos, sedentos, torturados, assassinados, filhos paridos entre grades e correntes, juntos aprisionados agora com a mesma sina, a mesma vida e mesma morte... O cego não consegue se lembrar de quem é, quem foi, se adulto, velho ou criança, nem se homem ou se mulher, , se mamou, se já teve vida, se já foi livre. Apenas vê o que é. E o agora é aqui, é prisão, um porão negro e profundo, vida violentada, dor, fome, sede e morte... Mas se lembra de algo: Sim. Se é gente, um dia teve mãe. Se estava fugindo, então um dia foi livre. Se há imagens em sua mente, um dia enxergou. Hoje não é livre nem pra ver, nem pra morrer, nem pra se matar. Mas já pensa melhor, está menos confuso e pode se perguntar: Se fugia, quem o perseguiu e o prendeu? E por quê? Quem deu a ordem? Que soldado, que capitão, que cacique, que papa, que rei, de qual nação? Pergunta-se, pensa, tenta responder, até ouvir o som de um corpo caindo no chão. Um corpo que agoniza e tomba ao seu lado se contorcendo, até ficar inerte... Ouve passos: alguém vem recolhê-lo e arrastá-lo dali. Livre enfim, será sepultado, lançado numa ribanceira do mato, jogado numa vala comum ou no mar? Será queimado numa fogueira ou enterrado? Terá uma cruz? Terá uma mão erguida pra fora da cova, enterrado vivo, clamando durante milênios, por vida? Mas agora aquele corpo está em paz, pode dormir sem a insônia daquele pesadelo. Não terá um cemitério, nem uma cruz, que atraia olhar cristão, e mãos a lançar flores. Ninguém chorará por ele, nem rezará, nem acenderá vela. Não importa. Agora está livre do homem, do seu corpo, da sua dor. Deixem que seu corpo adube a terra, ou mate a fome dos peixes. Se em terra que nasçam flores selvagens, uma cabeleira de mato, molhada de orvalho, e sobre o corpo brilharão as estrelas na noite... Ele pensa melhor, ouve melhor, percebe mais coisas, o que é pior, pois aquela cena se repetiria, dia a dia, às vezes, hora a hora: Um corpo tombava mole no chão, com algum suspiro, debatendo-se ou não. Ouvia-se o mesmo rangido de grades sendo abertas, os mesmos passos de botas, o mesmo roçar no chão de corpo morto, sendo arrastado. Seu pensamento está melhor, mas seu corpo está mais fraco e ainda dói. Treme. Tenta esticar um braço, o outro braço, uma perna, outra. Se apalpa, percorre o corpo com as palmas das mãos. Há muitas feridas, há chagas que ainda sangram e doem. Sente que é real, que aquilo é real. Tenta se erguer. Fica de pé, com a cabeça encostada no teto baixo. Tenta dar alguns passos, não consegue, está muito fraco, trêmulo. O corpo cai sentado, tenta encontrar algum conforto, recostado entre o chão e a parede, para então dormir... Mas eis que, depois de dias, meses ou anos a coisa viajante para em algum lugar, que parece ser o destino. Aporta ou estaciona, chega. O cego é empurrado, levado em fila com outros, todos de cabeça baixa. Passa por rampas, degraus. Pra onde, ele não pode ver, mas entra em um lugar, ouve portões abrirem-se e se fecharem à tranca. Tiraram-lhe as correntes, algema ou grilhões que lhe prendiam os braços. É um cômodo, sala ou cela em que é jogado com outros. Parece não haver cadeiras ou cama. Senta-se no chão, escorado na parede. Outro se senta ao seu lado e pergunta com um pesado sotaque:

- Me chamo Malungo. És cego? Como te chamas?

O Cego tenta se lembrar como se fala. Usar a memória, a fala. Consegue entender o que o outro diz. Vem-lhe imagens na cabeça que ele quer descrever. Se esforça, gagueja até conseguir:

- Não lembro meu nome... Fiquei cego ou me cegaram, mas já enxerguei... – Sim, agora se lembra claramente. Cenas lhe vem à mente. Um menino brincando com outros, risos aqui e ali. Mulheres por perto. Mães, talvez. Mas não consegue ver seus rostos, apenas vultos... Há sombra de árvores e água correndo. Talvez um rio. Não estão longe de casa, pois avista uma linha de casas ou barracos. Sapê, pau-a-pique, aldeia, tribo, vila? Não consegue divisar. As crianças correm por uma trilha que vai dar num córrego, e lá se jogam nuas e começam a se banhar. Há também homens por perto, pescando talvez. Homens amigos, provavelmente pais. Alguns trabalhando mais acima. - Por que nos prenderam? - Pergunta ao outro.

- Prenderam? O que é ser preso? Eu já nasci aqui, eu acho. Você foi preso?

- Não me lembro... – Os meninos e meninas estão se banhando alegres no remanso do ribeirinho, sobre o qual galhos de árvores se debruçam e lançam sombras. Estão alegres, felizes, jogam água pra cima e uns nos outros. Correm atrás de peixinhos sob a água transparente, impossíveis de agarrar, e atrás de flores que vão descendo a correnteza.

- Bem, eu também não me lembro de muita coisa, pois sempre estive aqui. Mas acho que já tive pai e mãe e irmãos. Um dia se foram pra outro lugar. Acho que eu era menino...

- Eu não posso me enxergar e não me lembro. Eu sou um menino, rapaz, homem ou velho?

- Você não sabe? Menino não és. És maior. Mas não dá pra dizer tua idade. Tua cara, teu corpo, tua pele estão cheios de feridas e cicatrizes... Teu cabelo foi raspado.

- Mas estou me lembrando. Já fui menino... – De repente, as crianças se assustam com um estampido. Aves voam das árvores. Explosão, trovão, tiro? Trovão não era, tiro não sabem o que é. As mães aparecem, correndo espavoridas à beira do remanso, recolhendo as crianças. Os estrondos se repetem, cada vez mais fortes, cada vez mais perto.

- Claro todo mundo já foi menino ou menina...

- Digo, já fui menino e brincava e via as coisas e tinha mãe. Havia um rio e árvores... – As mães correm encosta acima com os filhos nus escanchados à cintura. Suas expressões são de medo. Homens cruzam por elas em sentido contrário, no sentido dos estampidos.

- De onde vieste?

- Não sei. Chego aqui depois de longa caminhada e depois de longa viagem... Por estradas, selvas, mares, não sei, pois já não enxergava. – As mães com os filhos atravessam águas turvadas de vermelho. Gritam e choram. Há corpos de homens e mulheres boiando. – Sabes por que me trouxeram aqui? O que vão querer com um cego?

- Aqui não faz diferença muita diferença ser cego. A vida aqui é isso que você chama estar preso, apanhar, sofrer, envelhecer, adoecer e depois morrer...

- Um homem morreu ao meu lado. Muitos homens tombaram perto de mim... Por que nos prenderam? Por que nos matam? O que fizemos? - As mães são cercadas por homens armados e soltam os filhos pelo chão para que corram, para que fujam. Alguns fogem, outros são pegos pelos braços aos prantos.

- Não importa. Você é só mais um de nós. Um fugitivo que agora não pode fugir. Não pode voltar de onde veio. Nem sabe de onde veio. Da floresta, da vila, da aldeia, da cidade, do outro lado do mar?

- Não sei. Sei que havia casas, homens, mulheres, crianças e velhos. E um dia chegaram homens armados, soldados, talvez... Acho que havia uma guerra e a gente não sabia. – Homens, mulheres e crianças são colocados em filas separadas, presos aos libambos e cordas. Depois há ordens pra que as filas sigam em frente. Estão todos deprimidos, exaustos e de cabeça baixa. Muitos foram morrendo pelo caminho, obrigados a seguir estrada afora, tempo afora, até chegarem num lugar cercado...

- Aqui ninguém morre, somos sempre matados. Tiro, espada, faca, forca, fome, febre ou tristeza. Então é só obedecer, apanhar calado, não se revoltar, comer o que tem, se quiser não morrer.

- E por que fazem isso com a gente? – ...O lugar era cercado de muros, cercas, paus, pedras em alguns pontos, grades, arames em outros. Ali toda aquela gente deveria ficar e esperar pelo que não sabiam.

- Porque somos diferentes, fracos e feios para eles, acho. Acho que somos bichos de outra raça e não gostam de nós. Sempre foi assim desde que nasci. Às vezes levo um chute sem nada fazer, outras, matam um de nós por nada. Parecem sentir ódio ou prazer... Mas acho que você tem razão. Deve haver uma guerra e a gente não sabia. Uma guerra de anos e anos, guerra pra todo lado, deles contra nós, mas só a gente que perde, os estranhos.

- Mas somos tão diferentes assim, não temos duas pernas, dois olhos, dois braços, dois ouvidos, uma cabeça, um nariz e uma boca, como eles? – No cercado, entre grades, homens, mulheres e crianças são marcados. Alguns são marcados com tinta, outros com ferro em brasa.

- Mas há outras diferenças. Você não vê porque é cego...

- Eles não respiram, não bebem, não comem, não falam igual a gente? O que que tem de tão diferentes? – Depois os homens marcados, são levados para cavar valas e imensos buracos...

- Bois, carneiros, porcos também respiram, comem, bebem água, tem pernas, ouvidos, bocas e nariz, mas não são gente... Nossos donos têm coisas diferentes, comem comidas diferentes, bebem bebidas doces e quentes, tem roupas diferentes, tem calçados diferentes, tem casas diferentes, tem penteados diferentes, são seres diferentes, tem armas diferentes, por isso mandam na gente.

-Mas o que querem de nós? Por que não nos deixaram em paz no nosso lugar? – As valas e buracos estão cada vez mais fundos, com a profundidade de três homens de pé. A terra retirada é colocada em um monte ao longo das valas em um só lado.

- Por que precisam de nós pra cortar as árvores que tingem seus tecidos, pra plantar e colher a cana, fazer e carregar o açúcar, que adoçam suas bebidas, seu café, pra plantar, colher e carregar esse café, plantar, colher e fiar o algodão, que fazem suas roupas, plantar, colher e carregar seu feijão, seu arroz, tabaco, bebidas e vícios, criar seus bois, ovelhas e porcos, tirar seu leite, produzir sua carne, carregar massa, pedras e tijolos pra fazer suas casas, limpar suas casas, lavar suas roupas, fazer o trabalho pior e mais sujo pra fazerem suas vidas melhores e mais limpas. São os senhores há mil, dois mil, três mil anos.

- E quando um de nós não pode fazer esse trabalho? – Terminada a abertura das valas, os homens marcados são perfilados ao longo dela, de costas para os buracos. À sua frente, estão os soldados de armas nas mãos.

- Melhor não perguntar, e aproveite a sua graça de não poder ver. Melhor seria também não ouvir, não sentir, não ser. Aliás, vida boa pra nós, seria não nascer, nunca existir.

- Eu acho que era criança, quando fui pego e fui crescendo na longa marcha e naquela viagem... Mas me lembro, quando menino livre de coisas boas. A beleza da terra iluminada pelo sol, o frescor do vento, o nascer e o pôr do sol, os banhos no riacho, as outras crianças, trago essas imagens na mente. Não vejo o aqui desse agora, mas já vi. E havia uma mãe, uma mãe cantando, antes de eu ser pego. Pra onde levaram ela? – Depois chegam outros homens puxando corpos mortos e atirando dentro da vala.

- Nunca mais a verá. Nunca mais ouvirá seu canto, nem comerá de sua comida, nem se deitará em seu colo. Eles a separaram de ti para sempre. Ela também está presa, sofrendo em alguma cela, tronco, senzala. Está chorando, moleque? Você não se pode ver, mas não és mais criança. Não podes mais chorar... Acabou, melhor é morrer.

- Mas não há uma esperança, nem de fuga, nem de vingança? – A longa fila de homens, mulheres e crianças nus caminha rumo a saída do cercado, cruzam a paliçada seguem por um caminho de três quilômetros na areia.

- É o jeito de morrer mais rápido. Alguns de nós fizeram flechas, lanças, outros afiaram facas, os que tem pólvora e chumbo são os que morrem mais rápido.... Então o melhor era não nascer. A mãe que tens saudade que te pôs no mundo, ela é a culpada. Devia ter te abortado, ou ter te parido dentro de uma cova, como fazem algumas mulheres cativas.

- Minha mãe era boa, me deu de mamar no peito, me ensinou coisas bonitas, me criou... – A longa fila indiana se aproxima de uma praia, onde ao fundo espera o mar. Há pequenos botes de madeira, canoas e jangadas na beira do mar e alguns metros atrás deles, um navio a velas, que lembram asas abertas ao vento. A fila vai sendo desfeita à medida que se aproxima do mar, com os homens, mulheres e crianças sendo distribuídos nas canoas e botes, rumo ao navio.

- Te criou pra seres um preso, escravizado, um cativo, servo obediente, resignado. Mas o pior mal foi ter te ensinado esperança. E pra quê? A vida é onde filho chora e mãe não ouve. Melhor não ter dado à luz. Tu pelo menos não vê a luz, não vê o que vejo, por isso ainda vê a esperança. Quem sabe tua mãe não te cegou? Quem sabe o libertarão por seres cego? A minha também me deu carinho, enquanto estava em seu colo. Desci do colo e tentei andar como gente. Nos meus primeiros passos aprendi a dor, e à medida que caminhava, a miséria, a raiva, a tristeza, a revolta, a desonra. Não podia caminhar de cabeça erguida, rastejava entre os donos das coisas, dormia na rua onde pisavam e cuspiam, comia do seu lixo. Mas aquilo que rasteja também tem veneno e o bote rápido. E quem deseja a morte não teme matar. Matei? Ataquei ou me defendi? Numa luta justa, guerra, combate, legítima defesa? Não importa para eles... E tu, como aqui vieste parar? Roubaste, mataste? Não te lembras? Além de cego, sem memória?

- Minha cabeça ainda está confusa. Sei que fui menino de colo, depois tomava banho de rio, catava frutas, pescava peixes... Sei que nos meus primeiros passos comecei seguir uma trilha, que foi ficando larga virou rodagem, estrada, rua, passando por muitos lugares, mas sempre a mesma reta... O mato virou trigal, depois olival, algodoal, canavial, cafezal, fazenda de carneiros e bois,

casario, arraial, vila, cidade e fui crescendo, e comecei a fugir e a correr na mesma trilha, na mesma estrada, na mesma rua, não havia outras. Nela varei florestas, savanas, desertos, campos, caatinga, sempre a fugir, fugir e um dia, ela deu aqui. E estou agora, sem luz e sem quase memória.
- Alguns desafortunados no último estágio da varíola, doentes com oftalmia, alguns completamente cegos; outros, esqueletos vivos, arrastando-se com dificuldade, incapazes de suportar o peso de seus corpos miseráveis. Mães com crianças pequenas penduradas em seus peitos, incapazes de dar a elas uma gota de leite... No porão o mau cheiro era insuportável.

- Pra nós só há uma via de mão única. Não há como parar, nem voltar, só correr até morrer. E nela não há bifurcação nem retorno, e mesmo que penses que um dia chegarás à vida, sempre encontrarás a morte.

- Mas o que fiz de errado? - Amontoados no porão, agachados na maioria, ou a um canto doentes, estirados, agonizando, cobertos com as pústulas da varíola, alguns rastejam rumo à tina d´água, mas morrem antes de bebê-la. Outros prostrados apontam com dedos para suas bocas crestadas. Rostos esquálidos e encovados, com os olhos inchados e colados de pus pela violenta oftalmia.

- Nada. Todos os homens têm fome e têm de comer. Essa é a única maldição sobre nós. E na natureza, o mais forte domina o mais fraco. Por azar, nasceste fraco.

- E o que podemos fazer, nós os fracos? - ...Febres malignas, negra, amarela, hemorragias, ou fluxo hemorrágico anal, disenteria, corrupção do bicho, maculo, tosses e constipações, sezões, malária, opilação, doença do bicho, e carbúnculos.

- Podes clamar ao deus dos fracos, mas acho que ele também é fraco.

- Mas o que querem de mim? O que posso fazer cego? Nem me revoltar, nem lutar, vingar posso? Nem sei onde e quando estou, nem quem sou... Que mal posso fazer? Por que não me deixam ir? – Uma sonolência vai crescendo entre os prisioneiros. Sonolência e febre alta, letargia...

- Não tens pra onde ir, pra onde fugir. Já estás onde deveria, junto ao teu povo escravizado. Não tens a luz, não tens outro tempo, senão esse que é a sua carne. Desde antes de mil, mil e quinhentos, dois mil estás condenado à mesma marcha, à mesma prisão. Então apenas marche, ou não, nem precisarás. Bastas ficar aí que essa cela como um barco te levará pelo mar do tempo.

- Mas até quando? É uma sina, uma maldição? Comer com o sangue do meu rosto esse pão amassado pelo diabo, ser pregado no tronco, na cela, eternamente? Pra sempre? Não há uma esperança? - *...A evacuação contínua que dilata o reto, lábios esponjosos circundam o ânus, e ali se instalam os bichos. O fétido e úmido porão atrai moscas que ali se reproduzem, e espalham bernes pelos braços, pernas, cabeças e costas dos homens...*

- Dizem que há muito tempo, houve um homem de barbas, cabelos e vestes longos, que nos prometeu um dia a liberdade e a terra prometida, peregrinando por desertos, savanas e caatingas. Isso foi há mil, dois mil, três mil anos, ou talvez ontem. Nesse momento, estamos marchando, mesmo parados, seguindo. Quem sabe seguimos esse homem? Mas nossa caravana é sempre perseguida por cães, atacada por chacais, açoitada por chicotes, capturada por espadas, destroçada por canhões e balas, desde sempre.

- Então o melhor é dormir um sono de quantos séculos pra acordar sob um novo sol, que trará a vida nova? Não há o que fazer, nem pra onde fugir... - *Sessenta dias e centenas de mortos depois, o navio chega a um porto. Os sobreviventes são levados para um depósito em terra, onde são lavados, alimentados, as cabeças raspadas e as feridas tratadas com unguentos. Ali permanecem um dia e uma noite, para irem a leilão na manhã seguinte.*

- Enquanto isso, nosso destino é nascer, apanhar e morrer. E o deles é perseguir, prender, bater e nos matar...

É a natureza deles, o destino, sina ou sei lá... Você deve viver, eu matei e devo ser morto em breve.

Ouve-se passos, de três a seis homens. Soldados, guerreiros, feitores, capitães do mato, policiais? A porta de grades range, é aberta. Há uma ordem para se levantarem e saírem em fila com as mãos na cabeça, e irem andando. À medida que abrem as grades, a fila vai aumentando. Uma longa fila de milhares de pessoas de mãos na cabeça, de cabeça baixa, se forma num corredor infinito. Para onde? Saem do corredor, entram num labirinto, que parece uma floresta, que passa à savana, que passa a deserto, que beira o mar, que passa à caatinga, que passa a floresta novamente, reiniciando o ciclo. Machados são colocados nas mãos dos prisioneiros, que começam a cortar uma árvore de cerne vermelho. A árvore sangra, o sangue escorre pelos troncos, pelas galhas, pelas folhas, pelas caras, pelas costas dos homens. Os troncos são amontoados e depois carregados às costas por trilhas até a beira do mar. Os machados são trocados por foices, podões, facões. À distância os troncos parecem feixes de canas nas mesmas costas lanhadas, levados igualmente para o mesmo monte na beira do mar. À medida que se aproximam da praia parecem sacas. Açúcar branco em pedra, grânulos, açúcar branco moído, pó? Sacas de ouro em pepitas ou em pó amarelo? Ou serão sacas de café preto em grãos crus, torrados, moído em pó preto? Não importa. São sempre sacas pesadas nas costas que escorrem suor e sangram, para que os fortes possam tomar seu café com açúcar, mexido com colherinha de ouro... Abrem as sacas no porto, e se vê o pó branco, sorrisos brancos se abrem... Mas de resto, nada mudou. Continua-se a ouvir o ranger dos ferros e grades, o zunir do chicote, o zunir de balas, e a ver-se o vermelho do sangue derramando, que nunca estanca, nunca coagula. De homens, mulheres, adolescentes e crianças trocadas por tabaco, cachaça e pólvora entre as costas de África e Europa, África e América, África e Ásia.

E segue a marcha da grande fila de homens de cabeça baixa e acorrentados, pelos séculos afora, que às vezes se sentam no meio-fio pra fumar seus cachimbos e chorar o olhar, que só enxerga a sarjeta. A marcha dessa fila parece um cortejo fúnebre, que atravessa todos os tempos, como um eterno enterro, à beira de uma longa vala, onde o séquito vai tombando e enterrando a si mesmo.

- Basta! – Alguém grita – Todos levantam a cabeça. A longa fila em marcha se eriça, se rebela, luta, corre, foge para todos os lados, para o deserto, para as savanas, para as florestas, para os montes e sertões...

No meio da confusão, o menino cego corre sem ver, é puxado por uma mão:

- Para onde me levas, Malungo?

- Pra qualquer lado, desde que seja ermo. Dizem que é por lá que habita o homem que libertará nosso povo.

Correram por trilhas, andaram por matas, subiram montes, descambaram por descidas. Arraiais, comunidades, povoados pequenos, grandes cidades, arruados, vilas e vielas, estradas e trilhas, veredas e ruelas. Sertões, caatingas, paragens brancas, de planta e bicho vazias, vazias de donos, rodagens de pedra e de espinhos, onde o pé fica sem caminhos. Labirintos sem fio de linha pra seguir e leve à saída... Seguiram o curso de um rio, por ter água sempre à mão, e que no seu percurso sempre dá em habitação, casario ou no mais longe e mais tardar na beira do mar. Deram no cume de uma serra em forma de barriga, onde encontraram um rei descalço, na sua tenda de farinha, farelo e pó, cercada de dezenas de choças e casebres, cobertos de palmas secas.

- Quem são e de onde vem? Pergunta o chefe, a quem Malungo responde:

- Viemos de longo cativeiro e depois de longa fuga pelas estradas e sertões. Procuramos um mocambo para esconder, um lugar para descansar e viver a paz.

- Aqui podem habitar, mas paz nunca existiu nem existirá para homens com nossa marca de pele. Se quiserem viver aqui, tem de estar preparados para a perseguição e a luta... E principalmente para a fuga... Há cem anos moramos aqui. Há cem anos fugimos aqui. Nunca esquentamos muito o lugar. Nos acham em um, fugimos pra outro. Queimam nossas roças, plantamos em outro lugar. Nossa pátria tem sido as trilhas, o mato, as grutas, os mocambos, valhacoutos, guetos, os morros, furnas e serras. Nosso lar tem sido barracas e barracos, breves palhoças, qualquer abrigo do sol e da chuva, onde pudemos passar uma noite... Nossa vida tem sido a fuga. Mas agora, chega! Decidimos não mais fugir daqui e defender nosso lar. Se quiserem ficar é pra lutar. O inimigo se aproxima.

A partir daquele dia, Malungo e o Cego foram alocados nos preparativos da batalha: cavarem buracos, onde enfiavam estrepes afiados para fazer armadilhas ao redor do casario em círculo, e ajudando na construção de uma cerca à guisa de paliçada, também circular de meia légua de circunferência, cercando e protegendo o casario. Enquanto isso, o inimigo já marchava oculto na mata em direção à comunidade. Deparando-se com a cerca, começaram também a fazer a sua ao redor, para se protegerem dos ataques e evitar fugas do outro lado. No dia em que chegou o inimigo, houve uma festa na comunidade, que podia ser de motivação para a guerra ou de despedida da vida. Houve danças, folias com grande alarido, e tocaram atabaques a noite inteira.

Como tinham passado a noite em claro, foram dormir pela manhã até o início daquela tarde, do que se aproveitou o inimigo para começar o ataque. Ao ouvirem o alarme, a comunidade prontamente, passou a lançar flechas, lanças de pau e pedras, com a mão e em fundas, ao som de atabaques, caixa de guerra, e uma trombeta de chifre. O combate entrou pela noite, e foram acesos fachos de fogo por toda a sua cerca em roda, em cujos buracos ou troneiras, efetuavam disparos com as poucas armas de fogo que tinham. O inimigo não conseguindo avançar sobre a cerca, lançou mão de um canhão com que haviam subido o Morro da Barriga. Ao primeiro tiro que destroçou a frente da paliçada, mulheres correram gritando *«olenga, olenga, Barriga acabou»*. Cercada por todos os lados, homens e mulheres decidiram pelo único lugar que sobrara: o despenhadeiro que se abismava por um rochedo abaixo entre pedras e árvores. O rei descalço, já ferido, largou um filho pequeno que trazia às costas e suas sete esposas, pegadas todas umas nas cintas das outras, e todos se lançaram no abismo, gritando: Liberdade... Percebendo a intenção e o movimento, parte das tropas inimigas correu e se posicionou aos pés do despenhadeiro com suas espadas desembainhadas, com as quais matavam e aprisionavam os que ali iam se jogando no suicídio coletivo. Alguns tendo a queda interrompida no meio do desfiladeiro, se escondiam nas furnas dos penedos ou trepados nas copas do arvoredo. Mas para lá escalou outro contingente da tropa, para descobri-los e tirando-os dos esconderijos, matando-os. Só não conseguiram chegar a uma furna, que além de inacessível, ficava atrás da cortina de uma cachoeira, onde tinham caído e se escondido o rei, Malungo, o Cego e outros cinco homens. Ali passaram a noite e a manhã seguinte, quando o inimigo, tendo consolidada a vitória e finda a batalha, foi embora levando cerca de 350 prisioneiros amarrados... Pela grande altura que se situava e a furna e a verticalidade do rochedo naquele ponto, os cinco fugitivos estavam ilhados. Porém, o jovem cego teve uma ideia. Todos tirarem e rasgarem suas calças e com elas fazerem uma corda, com a qual pudessem descer uns 15 metros rochedo abaixo, e depois pularem de uma altura que não seria fatal. Terminada a corda, o líder foi o primeiro a descer, sem se desgrudar de sua espingarda a tiracolo, o que foi vital, pois antes mesmo de pular da corda, percebendo, que lá embaixo ainda havia um soldado, atirou e o matou. Os outros desceram em seguida e o rei descalço disse:

- Eu falei que defenderia meu lar até a morte e daqui não sairei... Malungo e o Cego podem ir. A guerra acabou...

Os dois se despediram dos homens e do lugar onde encontraram iguais, na mesma fuga igual, procurando paz, e de novo encontraram a guerra. E de novo lutaram em uma nova tentativa e conheceram a mesma e antiga derrota: Morrendo e matando, mandando lanças, flechas morro abaixo, levando balas morro acima. Agora era correr de novo, fugir de novo, perseguidos de novo, pelo mesmo inimigo de sempre...

- Para onde vamos agora, Malungo?

- Pra um certo lado, ainda ermo, deserto, no sertão mais seco. Dizem que por lá peregrina o homem de longas barbas e cabeleira, guiando o povo de deus. Lá seremos lavradores, ainda que de terra sem chuva. Vaqueiros, ainda que de vacas magras. Nossas mãos poderão semear a terra dura, e colher o branco e macio algodão, a branca macaxeira, a flor branca do feijão, o arroz branco no sequeiro, os brancos roçados da caatinga, o leite branco das cabras, a lã dos carneiros brancos. Ali poderemos plantar uma cidade de casas brancas e colher a branca paz, longe dos homens brancos... O Profeta de barbas e cabelos longos disse, quando lá viu um novo céu e uma nova terra: "*Deus conosco habitará, e nós seremos o seu povo. E Deus limpará dos nossos olhos toda lágrima, e não haverá mais morte, nem pranto, nem clamor, nem dor, porque as coisas antigas serão o passado e tudo se inverterá. Os humilhados serão exaltados, e bem-aventurados serão os que sofreram perseguição e tem sede de justiça. Deles será o Reino dos céus.*"

O adolescente cego agora está fugindo, correndo, por dias e noites, guiado e puxado por Malungo, exaustos, com fome e sede... Então numa trilha ouvem tiros e as mãos se soltam, o Cego cai... Um vulto se aproxima dele. Não é Malungo. Alguém o chuta as costelas. Um cachorro o fareja. Alguém lhe bate nas costas nuas com uma correia de couro ou talvez um chicote. O adolescente grita, e uma bota chuta-lhe a boca e depois o estômago, o que o faz vomitar. Alguém o pega pelo pé e o vai puxando sobre as folhas, terra e poças de lama. Acima no céu, o sol é de meio-dia e faz seus olhos lacrimejarem. Em um momento, puxado por uma força que não vê, e deslizando as costas sobre a folhagem, ele pensa estar morto, mas logo em seguida sua cabeça bate em uma pedra e a dor o faz sentir a realidade. Em um lugar onde a folhagem passa gramado, e há uma claridade maior ao redor, ele para de ser puxado, e sua perna é solta. Há sons vindo de todos os lados. Risos, conversas, ronco de motor? Seu corpo dói muito, e permanece imóvel, tem medo de se mexer e ser morto. Passos vem em sua direção. Um rosto com a respiração quente aproxima-se do seu. Sente que é um homem que respira com a boca entreaberta, sente o odor de seu hálito. Pingos de suor caem na face do garoto.

O adolescente percebe que há várias pernas aos seu redor. Três, cinco, dez homens?

- É cego... – Diz a voz do homem. – Sua mão áspera desliza pelo rosto do garoto.   O homem que estava agachado se ergue. – O que faremos com ele?

- Jogue na vala e enterre vivo! – Diz uma voz esganiçada, que parece ser de alguém magrelo de pescoço comprido.

- Queime, junto com os outros corpos! Pra que deixá-lo vivo? Ele não pode trabalhar, mas vai comer e beber. Só dará despesas...

- Ele tem duas mãos e pode fazer alguma coisa... – Fala a voz que tem o tom de autoridade de um chefe. – Mas o que e onde? Não pode cortar mato, não pode cortar uma árvore, não pode abrir uma picada, uma trincheira, não pode quebrar pedra...

- Não há uma norma de que devemos nos livrar de aleijados, deficientes, retardados, loucos e obesos? Deixa que eu me livro dele...

O líder vai levantando a voz à medida que fala:

- Ora, vejam! Temos um homem da lei aqui... Mas a lei aqui sou eu! Me diga moleque, quem é você, de onde você veio e o que estava fazendo aqui no nosso território?

- Eu não lembro... Só lembro que estava tomando banho num riacho com outros garotos, brincando de mergulhar e correr atrás de peixes e de repente ouvi explosões, e comecei a correr... Alguma coisa furou meus olhos, eu me perdi e daí me pegaram...

- Não se lembra, sei... Bem, cego você é. Não está mentindo... Sou um homem de bom coração, e ceguinhos me comovem... E eu digo que precisamos de um músico por aqui. Temos uma guerra longa pela frente... Um músico que toque qualquer coisa: viola, banjo ou gaita nos momentos de folga. Cegos dão bons músicos. E eu digo que este ceguinho será nosso músico! Coloquem um violão ou corneta, o que tiver em suas mãos... E acho bom ele aprender rápido e tocar bem. Mas pode começar com a corneta, pra acordar esse bando de preguiçosos bem cedo... Escutou ceguinho? – O vulto do homem se abaixa e dá leve tapas em sua cara. – Agora é bom você se levantar daí e começar a treinar sua cornetinha logo, antes que eu mude de ideia...

O moleque balança a cabeça afirmativamente e se levanta com dificuldade. O homem dá outra tapinha amistoso em seu rosto e põe uma caneca de água em suas mãos. O garoto bebe ansiosamente, como se sua boca fosse maior do que é, deixando derramar o líquido pelos cantos dos lábios. Para ele, cego e de novo prisioneiro, o mundo não mudara nada em relação aos tempos anteriores. Pode ter mudado nas formas, cores e alguns ruídos, mas o homem continuava o mesmo: o mesmo cheiro e movimentos, uns prendendo e batendo e outros sendo presos e apanhando, uns mandando, outros obedecendo. O porquê iria perguntar para esse chefe, que parecia amistoso:

- Por que me prenderam?

- Bem, se você é cego, ainda jovem e não se lembra de nada, eu vou lhe dizer: Estamos em guerra. Há muito, muito tempo... De nós contra vocês, feios e estranhos. Por quê? Ninguém sabe como começou... – Algumas léguas ao norte, aparece nos sertões um homem de barbas e cabelos longos e costumes ascéticos (velho ou jovem, não dá pra saber, tamanha é a poeira que se acumula sobre seus cabelos e barbas, e a sua pele macilenta e crestada pelo sol), que começa a exercer grande influência sobre o povo errante, retirantes sem pouso certo. Veste uma túnica de algodão e alimenta-se precariamente, vivendo num constante jejum. Acompanhado de uns poucos, vive a falar em deus e a orar. Por onde passa arrebanha mais um pouco de miseráveis, fugitivos e bandoleiros.

- Acho que foi desde a primeira vez que nós cruzamos com vocês... Talvez por uma disputa de território... Mas acho que não. Talvez foi porque não queríamos fazer o trabalho mais duro, e como vocês eram fracos e fáceis de dominar, decidimos usá-los nisso... Mas acho que não. – O asceta nascera naquele de fome, de sede, das fadigas, das dores e das misérias mais profundas da alma do seu povo. Mas não se queixava de nenhuma dor ou privação. Anestesiara-o o próprio excesso dor e o autoflagelo. Seu cobertor nas noites era o próprio frio. A cama, o chão. O alimento um pedaço de pão esmolado.

- Precisávamos de braços para cultivar os campos para nosso povo comer, desejamos boas coisas como todo mundo, e de preferência viver no conforto, se possível, cercado de coisas bonitas, riquezas e mulheres belas...

- Eu sou cego, não vejo a diferença entre uma mansão e uma tapera, entre uma mulher feia e uma bonita, entre um reino rico e um pobre, e não vejo o que há de diferente entre eu e vocês...

- É claro que não vê, você é cego!!! – Dá risadas. – Mas não importa, porque também acho que não foi isso... Na verdade, é de nossa natureza se sentir superior, forte, poderoso e ainda precisamos de vocês, os inferiores, os feios, os estranhos, pra exercer nossa vontade. - Sua fisionomia estranha, face cadavérica, como uma máscara de caveira, de olhos fundos e olhar mais profundo, corpo magro e vestes rotas de enterrado vivo, feito uma mortalha em decomposição, cabelos e barbas sujas, poeirentos caindo sobre os ombros, e essa descendo pelo peito até a virilha, combinava com a de seus seguidores, tão sujos, desgrenhados e magros quanto.

- Nem tenho certeza de que vocês são inferiores... Alguns são bem fortes e inteligentes... Mas como são esquisitos e fáceis de dominar, virou costume aprisioná-los e usá-los do jeito que quisermos... E foi assim que você veio parar aqui... – Vagueava pelos tempos e estradas, não se sabe desde quando e onde. O povo faminto, desgraçado e doente começou a atribuir milagres ao peregrino. A sua entrada nos povoados, vilas, mocambos e aldeias, era seguida pela pequena multidão local, em silêncio, onde novos fiéis passavam a segui-lo.

- E esse aqui, onde estamos, já teve muitos nomes... Já foi chamado de campo de prisioneiros, de servidão, escravidão, prisão, senzala, campo de concentração, de trabalhos forçados, não importa... Mas não tenha medo de mim... Sou um homem bom. – Começou a pregar entre o gentio, uma oratória dialetal, feita de frases truncadas, que misturava axiomas e prédicas de várias religiões diferentes; mistura dramática de conselhos, metáforas, sermões, preceitos e profecias. Mantinha os olhos tristes no chão, que de quando em quando se fechavam e depois se abriam sobre a multidão, ofuscantes como o sol que surge por trás de uma nuvem que os olhos do povo contemplassem.

- Mas as coisas sempre foram assim há milênios, e continuar fazendo assim é da nossa natureza. Dominar nos dá força, vigor, prazer e felicidade. E quanto maior o grupo que dominamos, mais poderosos nos sentimos. Então sempre queremos mais... Mas vocês fariam o mesmo conosco se fossem mais espertos. Por fora, vocês são diferentes e feios, mas por dentro são iguaizinhos a nós... Por isso que não tenho pena. Mas sou um homem bom... – O pregador anunciava o juízo de Deus, a desgraça dos poderosos, o esmagamento do mundo profano, a redenção para os humilhados, e um reino e um paraíso para eles. Falava contra as hierarquias, as desigualdades, no anseio pela justiça e pelo reino de Deus.

À medida que o chefe ia falando, o jovem rapaz se sentia flutuar sobre o mundo e os tempos. Visualizava antigas imagens do mundo que iam se modificando, só na aparência, à medida que atravessava o tempo. Estaria sonhando? O homem pergunta se ele está com fome, e a sensação de fome o faz se sentir real:

- Você me perguntou por que, e me pede água e comida... Comer e beber, foi a causa inicial de tudo isso... Mas não foi bem assim. Um dia a comida esteve à mão de todos e bastava entrar na floresta e colher frutos, folhas e castanhas, e bastava entrar no rio e pegar um peixe, e para dormir bastava uma gruta, uma cabana... – O ex-asceta reunia no seu discurso mítico todos as esperanças e anseios do povo escravizado por séculos, e o conduzia no presente não porque o dominasse, mas porque era dominado pelas esperanças e sonhos daquele. Obedecia ao ideal primordial de atávicos impulsos ancestrais: a liberdade; e inspirado por ela espelhava em todos os atos a legitimidade de um libertador. E agora uma multidão o seguia.

- Mas os homens e mulheres faziam muitos filhos e o grupo ia crescendo, e crescendo e muitas bocas pra alimentar... Um dia alguns observaram que as sementes do trigo selvagem, que colhiam no meio do mato, ao caírem na terra, brotavam e viravam plantas de trigo e davam trigo. Passaram a plantar as sementes das plantas selvagens. Para isso precisavam de terra e de braços para cultivá-la. E cada vez mais bocas, e cada vez mais desejos e poderes sobre as coisas, cada vez mais terras, cada vez mais trabalho, sendo preciso cada vez mais braços, e cada vez mais poder sobre eles... - O acontecimento do Pregador, sua subversão e a de seus seguidores chegaram aos ouvidos das autoridades constituídas, que em desagrado ao conteúdo das palavras do peregrino, ordenou numerosa força soldadesca para prender o rebelde e dissolver seus seguidores. Os soldados bem armados atacaram violentamente os penitentes esfarrapados, certos do cumprimento fulminante da missão. Porém, foram inteiramente derrotados pela multidão de armas improvisadas.

- Você agora está com fome e para os seus damos aqui só um pouco de ração. O suficiente para aguentarem trabalhar. Mas às vezes nem isso e seu povo morre de fome... Para o seu povo temos alguns barracos para dormirem amontoados e camas de tijolos ou nem isso, apenas o chão. Para beber, água suja. Mas muitas vezes faltou água e seu povo morreu de sede... – Consolidada a vitória, os passos do profeta e seu séquito tomaram o rumo dos desertos em uma longa marcha. Não procuravam mais as vilas e povoados como antes, mas apenas o ermo, o inóspito das terras desoladas, onde podia se esconder de novos ataques. E estes viriam sem tardar...

- Muitas vezes, muitos de nós queriam matar o seu povo de uma vez. Mas eu sou contra. Acho que precisamos de vocês para não brigarmos entre nós... Seu povo vive de migalhas e mesmo assim briga entre si e vive se matando por causa delas. Então vocês são necessários, para que possamos ter poder sobre as coisas e sobre gentes, nos sentirmos unidos contra um inimigo em comum e não briguemos muito entre nós. - Mas o pregador conseguira unir pela primeira vez aquela gente dispersa e desagregada, que vivia na miséria absoluta, sem cooperação, solidariedade ou objetivo em comum, à mercê de qualquer dominador que quisesse explorá-la. Aquela gente o seguiu, sem saber para onde. E atravessaram serranias íngremes, desertos estéreis, caatingas espinhosas e chapadas altas, longos anos, resilientes, arrebanhando mais fiéis, seguindo a marcha ritmada pelo falar e passo decidido do profeta.

O chefe para de falar por um momento, com a mão coçando o queixo, depois sorri e pega a mão do Cego:

- Tive uma ideia. Você é cego, não vê a diferença entre nós, é um moleque que bem treinado e doutrinado, você pode ser um nosso soldado! Com uma arma na mão, dentro do campo de prisioneiros, de frente para eles, com ordem para atirar em qualquer que se aproximar de você, qualquer barulho de movimento estranho, gritaria, correria, desordem... Vai ser engraçado, porque você pode atirar em qualquer um deles, a qualquer momento, sem eles saber o porquê. Então vão ter de andar sempre em silêncio, sem movimentos bruscos ou sem fazer nenhum barulho. E lá dentro, para eles você é um de nós. Vão tentar tomar sua arma e você ou se defende ou eles te matam. Terão coragem de matar um ceguinho? Vai ser divertido... - O peregrino avista um vale a beira de um rio, com um casarão velho, abandonado no topo de um morro, e como se tivesse chegado na terra prometida, decide que ali devem parar e construir sua nação... Notícias do novo assentamento correram a região, e para lá rumava toda sorte de gente desterrada, retirantes da seca, outros expulsos de suas terras, marginais de todo gênero. Data daquele ano a reconstrução e crescimento rápido de um aldeamento de matutos, ao redor de uma igreja em ruínas, que já existia, e iria ser reformada e muitas vezes ampliada, para caber toda a população de fiéis que crescia dia a dia. Era a nova terra sagrada, cercada de desertos, vegetação fechada, espinhosa e montanhas, onde os inimigos teriam dificuldade de invadir.

        - Vou te vestir com um uniforme nosso e você será treinado junto com nossos meninos-soldados. Você sabe o que é ser um soldado? Não é só tocar corneta de madrugada para acordar os outros, nem andar à frente do batalhão tocando um tamborzinho. Aqui não é desfile de colégio do Dia da Pátria. Aqui é guerra. Ou você mata ou morre. Nós te daremos o melhor treinamento para se defender. Então ou você aprende direito ou vai ser trucidado, quando for colocado dentro daquelas cercas do campo de prisioneiros. E não há como fugir daquelas altas cercas, feitas de paliçada, grades e arame farpado. – O arraial do Profeta crescia vertiginosamente, coalhando as colinas e baixadas. O casario rudimentar, feito de barro, palha e palmas secas, permitia à multidão sem lares fazer até cem casas por dia; e, quem o vislumbrasse do alto, veria o corpo de um gigante deitado, com o corpo feito de barro e coberto de palhas a guisa de pelos. Era um colossal monumento involuntário que representava a alma daquela gente. A cidade de barro, ainda em construção já parecia em ruínas. Nascia velha. Vista de longe, cobrindo área enorme, truncada nas quebradas, pendurada nas ribanceiras, tinha o aspecto de uma cidade inteira sem traçado, e com todas as casas sem reboco, no tijolo cru dos adobes. Não se distinguiam as ruas. Substituía-as becos e vielas estreitas, mal separando as peças grudadas do dominó dos casebres feitos ao acaso, onde se algum caísse, derrubaria todos os outros. Se algum pegasse fogo, queimava toda a cidadela, como se como se

tudo aquilo fosse construído, por uma multidão de cegos...
Feitas de pau-a-pique ou adobe e divididas em três cômodos
minúsculos, as casas eram inspiração inconsciente da antiga
morada romana: um cômodo pequeno, um maior servindo
ao mesmo tempo de cozinha e sala; e uma quarto lateral,
escuro e abafado com uma pequena porta de entrada.
Cobertas de camadas espessas de barro, sobre galhos no
feitio de laje, lembravam as choupanas dos gauleses de
César, e ao mesmo tempo uma gruta ou forno de barro,
uma habitação primitiva africana ou uma oca indígena. De
mobília, havia banquinhos coletivos rústicos e tortos,
caixotes de madeira de transportar legumes, usados como
cadeiras, jirau de varas como prateleira para as vasilhas de
barro, redes pendidas do teto no lugar de camas. E o
restante eram miudezas: bogós, caçuás, jacás e os aiós,
feita das fibras de caroá. Ao fundo do único quarto, um
oratório de totens, santos, e estatuetas pretas, mal-feitas,
de barro e madeira. A cidadela crescia com a aparência
entre um conjunto wigwam dos índios do norte e um vasto
kraal africano. Muito mais um acampamento temporário de
guerreiros do que o reino eterno de Deus. Parecia uma
cidade de barro que brotara do chão, natural como um
cupinzeiro ou murundu. Emoldurava-a o deserto branco:
paisagens mortas; colinas nuas, prolongando-se até às
serranias distantes, sem uma nesga de mato verde. O
monte, ao sul, empolava-se mais alto, fronteiro ao povoado,
e coberto de pés de favelas.

Começa o treino do menino-soldado. A primeira lição
lhe é dada:

- Não pense, não aja, faça apenas o que
mandarmos! Apenas obedeça. Você é jovem, mas é como
uma paixão. Deixe que ela mande em você e nos seus
passos e braços e pensamentos. Tenha fé cega no seu
superior e o obedeça cegamente. Se ele disser esquerda,
direita, ou se jogue no chão, role, se arraste, atire, você
obedece. Se disser mate, você mata. Não importa quem e
quando. Apenas deixe seu corpo reagir sob suas ordens e
você terá prazer em matar. Porque não foi você que matou,
foi uma força superior a você e se ela disser lute até morrer,

você desejará matar e matar até morrer... - E o adolescente corre, pula, cai, rola, grita sim-senhor centenas de vezes o dia inteiro, canta canções de guerra e motivação. Às vezes, nesses momentos, ainda vem à sua mente escura, flashes de imagens de um passado, que ele não sabe se existiu. É proibido de falar com os outros meninos-soldados, e só pode responder sim-senhor e não-senhor, a não ser que o comandante pergunte outra coisa.

O comandante diz que um mensageiro está descendo das colinas. Ele vem em desabalada carreira como um cavalo a galope, suando e resfolegando. Ele se aproxima e dá pra ver em suas feições, além do suor e da exaustão, uma expressão de excitação. O comandante também começa a suar. Combate próximo à vista. Começa a andar, ansioso de um lado para o outro, como uma fera enjaulada, ou como uma fera se aproximando da presa, já sentido o gosto de sangue na boca, que a faz babar... Ele grita ordens para todos os lados, preparando a tropa para a batalha. E todos os soldados correm aparentemente desordenados, mas seguindo fiel e rapidamente para suas posições de combate. Parece confusão, parece caos, mas é a ordem dinâmica e quente da guerra. O garoto é colocado em uma posição camuflada com uma arma na mão, ao lado do instrutor.

- Quando eu disser atire, você atira, na direção que eu apontar tua arma, e só pare quando eu mandar! Agora não fale e nem se mexa. E não quero nem ouvir sua respiração...

Ele tenta obedecer, mas seu coração está batendo tão forte e acelerado, que tem medo do seu superior escutar. Seu rosto tem contrações, seu maxilar inferior não para de vibrar e seus dentes estão rangendo. O lábio superior está se repuxando involuntariamente, abaixo do nariz arfante. Ele sente prazer em estar com uma arma na mão, como se ela fosse parte do seu corpo, como se agora fosse um ser poderoso, dono da vida e da morte alheia. Ouve os primeiros disparos. Não pode ver mas ouve, gritos e corpos caindo ao chão. Um dos inimigos grita para pararmos pelo-amor-de-deus. Gritam que não estão armados, que não são inimigos. Ouve-se a voz do comandante aos berros:

- Estas terras pertencem a nós! Vocês cruzaram a fronteira e invadiram nossas terras.

- Mas estamos apenas atravessando o lugar. Nosso destino é outro!

- Não interessa, invadiram nosso território sem autorização. Você, tire suas roupas de se deite no chão com a cara na terra... Todos vocês, tirem suas roupas, e se deitem no chão ou atiramos!

Ouve-se o som flácido de botas chutando estômagos, e depois, de homens se contorcendo e vomitando. Depois, o comandante manda os homens nus formarem uma fileira de joelhos. Eles têm os pulsos amarrados pelas costas. O comandante grita:

- Ceguinho venha aqui! – Alguém o leva até o comandante, que põe um facão afiado nas mãos do garoto. – Vocês, prisioneiros, todos abaixem a cabeça!

O garoto implora:

- Eu não posso matar ninguém assim!

- Não queremos gastar munição de fogo. É muito cara para nós... E pra que acha que poupei sua vida? Acha que fazemos esse trabalho sujo? Somos homens bons e limpos. Não sujamos nossas mãos com sangue. Vocês, marginais, feios e sujos servem apenas para isso, como essa massa de soldados encardidos. Estão vivos para isso. Do contrário, não precisamos de vocês e nem gastar ração com vocês! Vou te colocar numa posição. Quando eu gritar já, você ergue e bate o facão com todas as suas forças nessas cabeças. Eu estarei observando de longe... Vejam como estão arfando de medo, como um boi sob a guilhotina do matadouro! Você, moleque, pode arfar mas de ódio! Quero que você soque o facão com ódio, com todas as suas forças, entendeu?!

Alguns prisioneiros choram e clamam ao rapaz:

- Por Deus, não! Não! Somos seus irmãos! Não fizemos nada! Nada!

- Não mije nas calças, Ceguinho! Mije na cabeça deles! Não tenha medo, tenha fúria! Ou você os mata, ou morre! – Ordena o comandante erguendo o facão na mão do pequeno verdugo. – Mate, mate, mate! – Ele aperta a mão do garoto contra o cabo do facão. – Mate ou morra!

- Não! Por Deus, não, irmãozinho!

Como se tomado por choque transmitido pela mão do comande, o adolescente desfere com toda força o primeiro golpe. O sangue espirra em sua face.

- Viu? Pense que você está cortando um coco! Isso, bata no coco. Corte o coco. Sinta á água morna do coco espirrar na sua cara! Corte o miolo do coco! A polpa do coco! Você é cego! Isso é apenas um coco!

O facão vai para cima e para baixo e para cima e para baixo, golpeando, até o Cego cair exausto sobre a poça de sangue. O comandante dá uma risada. Os soldados riem ao redor. O adolescente vomita e riem mais.

- Está batizado, está iniciado. Agora está pronto! Não quero mais ter de estar perto dessa nojeira! Joguem o Ceguinho na água e lave toda essa sujeira. Não quero mais ver isso hoje!

Enquanto isso, o restante dos prisioneiros nus é conduzido numa fila, com as mãos nas cabeças até o campo de prisioneiros.

- Não te disse que é como uma paixão? Você agora ficará viciado nisso, Ceguinho.

A cabeça dele está doendo e latejando depois do vômito, todas as veias parecem incharem sobre seu crânio. O ar entra ardendo em seu nariz. Sua barriga está doendo e as pernas trêmulas. Moscas atraídas pelo sangue, começam a cobrir seu corpo ainda sujo... Matar, matar, matar até morrer. Essa frase se repete em sua mente no lugar dos pensamentos. E ele não quer pensar em nada, nem em Deus. Principalmente em Deus porque esta palavra lhe dá um arrepio na boca do estômago. E começa uma luta em sua cabeça, pois a palavra deus aparece entre o bordão "matar, matar até morrer", assim como a imagem de um livro preto escrito deus em letras douradas. Esse livro deve ter existido, senão ele não lembraria. Devia ser de sua mãe ou de alguma igreja. Sim, agora se lembra de sua mãe lendo para ele. E frases, vozes, e imagens se misturam em seu pensamento: Caim matando Abel a golpes de facão. Davi amassando a cabeça de Golias com uma grande pedra. Deus apodrecendo o povo do Egito com suas pragas. Deus queimando Sodoma e Gomorra. Abraão e Moisés cruzando o deserto com seu povo... No outro dia de manhã, ele é colocado junto aos outros meninos-soldados para treinar. Sente o sol queimando a pele e a escuridão mais clara. Devem estar em campo aberto, como uma clareira no meio de uma floresta. Sente o capim rasteiro sob seus pés descalços. Seu corpo ainda dói: Canelas, costas e braços. Principalmente os braços, devido ao esforço do dia anterior. Mas ele se recusa a lembrar disso, e prefere sentir a brisa fresca da manhã na cara, aliviando o calor. Uma voz de comando manda que eles corram em linha reta até um ponto e retornem também correndo. Várias vezes. O cego não cai, o terreno é plano e não há obstáculos. Depois se jogam no chão para rastejarem usando os joelhos e cotovelos. Até ali é como se fosse uma brincadeira, e ele se deixa levar esquecendo todo o resto daquela vida. Às vezes, sente a sombra de um homem grande contra o sol. É o instrutor que lhe vem corrigir alguma coisa com um berro. Isso é ser um soldado? Não. Ser um soldado é gostar de matar e não ter medo de morrer, pensa. A voz grita perguntas curtas que todos respondem ao mesmo tempo com Sim-Senhor! As mesmas perguntas sempre e a mesma resposta para todas. Acreditam que isso vá os convencer, convencer seus pensamentos, convencer seus medos, convencer sua raiva, sua memória, seus olhos, e por fim, seus corpos a se jogarem numa batalha para matar, e principalmente para morrerem. O adolescente tem os olhos cegos e não tem memória, então para ele é mais fácil se jogar nesse precipício de balas, sangue e morte... Mas um garoto nunca será um soldado de verdade, enquanto for garoto. E um soldado adulto nunca será um soldado perfeito, enquanto tiver algo de criança nele. Não basta ter um uniforme, uma arma e um treinamento de anos. É preciso saber odiar o outro lado, o inimigo, todos os dias, em todos seus pensamentos, e ser indiferente para matá-lo com frieza. Não importando o que esteja do outro lado: Homens, velhos, mulheres, doentes ou crianças, trincheiras, casas de família ou parentes. O uniforme mais importante se veste por dentro, encobrindo a razão, o sentimento e a memória... E o pensamento, como um boi de engenho, amarrado a uma estaca central, mourejando, deve circular ao redor dessa viga central, o tempo inteiro, até formar um rastro circular, que vai se aprofundando mais e mais à medida que se repete o círculo, que deve ser a única trilha percorrida na mente do soldado, de modo que o pensamento não consiga fazer nenhum movimento fora dela. E o produto externo desse movimento é a cana, com que a moenda vai sendo alimentada, ser triturada e transformada em outra coisa, como a realidade, os seres que entram pelos sentidos dos soldados, vai sendo triturada, e transformada nas suas mentes em apenas duas coisas: aliados e inimigos, e para estes requerendo apenas uma ação exterior: matar.

O instrutor está gritando que em breve irão invadir uma cidade de bandidos. Talvez por isso pareça nunca estar satisfeito com a performance dos garotos, por melhor que seja feita. Ser um guerreiro é isso? Nunca estar satisfeito com o resultado do treino, porque na batalha um erro só, pode ser a morte de muitos. Que cidade é essa? Cidade de Bandidos... Nunca ouviu falar de uma cidade assim. Até as mães e velhos seriam bandidos? O comandante diz que sim em seu sermão. Porque a ordem é para matar quem reagir, mesmo desarmados, e depois queimar as casas. Onde fica essa cidade? Longe, a dias de marcha? Mas por que invadir a cidade deles e matar e fazer prisioneiros? Ele não tem coragem de perguntar. O comandante pode se irritar. Mas o comandante parece ler os pensamentos e diz:

- O inimigo está tirando nossas riquezas, atrapalhando nossos negócios. O inimigo está ocupando nosso território. O inimigo depois de vencido deve trabalhar pra nós: Ser nosso servo. Mesmos velhos, mães e crianças. Ou se entregam como prisioneiros ou morrem!

O pensamento do Cego já está amarrado à viga central da guerra. Todos os seus pensamentos, desejos e medos giram em torno dela, como o boi do moinho ruminando o mesmo capim engolido, inúmeras vezes. E só existem duas ações a executar, automaticamente, sem precisar lutar: Matar e morrer. Imagina-se lutando e matando, o que lhe traz ondas de prazer... Mas quando se imagina levando um tiro, ou algo dando errado, é assolado por ondas de pavor, que vão e vem, as vezes mais fortes, às vezes mais fracas... É preciso fugir dessas ondas de medo, lutar contra elas, vencê-las e deixar apenas as ondas que vem da imaginação eufórica. Mas é difícil, às vezes o receio do pior acontecer, o pavor de morrer, é mais forte, e a única solução pra ele, é transformá-lo logo em ódio e desejo de matar o inimigo, e imediatamente, transformá-los em ação furiosa, em execução fulminante. Mas a ação não pode demorar, senão as ondas de medo voltam. E, pior, com elas podem vir imagens de alívio, lembranças que consolam, que produzem desejo e sonho de uma realidade anterior ou futura, nostálgica ou cheia de esperanças... O adolescente lembra de sua mãe. Onde estará? E seu pai, irmãos, teve um dia? Já teriam sido pegos, estariam ainda vivos? Estariam no campo de prisioneiros? Ou estariam o procurando pelo mundo, pensando nele? E Malungo? Teria morrido aquele dia?

- Na luta, não olhem a cara do inimigo, não olhem os olhos do inimigo e nem pensem nele. Porque se você vir a cara do inimigo, se vir os seus olhos, se você pensar, você estará morto. O corpo do inimigo tem de ser apenas um alvo que se movimenta, e o nosso corpo, pensamento e armas tem de formar um movimento só. Você tem de atirar e se defender com todo o seu ser, com tudo se fundindo numa arma só... - O comandante termina seu discurso e grita descansar. Passos de soldados se dispersam em várias direções, procurando a sombra das árvores. Os meninos-soldados se sentam onde estavam de pé e um deles puxa conversa:

- Como veio parar aqui, ceguinho?

- Você pode falar comigo? Não é um deles?

- As crianças deles não vem pra guerra nunca. Estão em casa, comendo doces, brincando com seus irmãos e suas mães carinhosas. Não sou um deles, não vê? Ah, tu é cego... Estou aqui porque eles me pegaram e me disseram que meus pais foram capturados e levados para a Cidade dos Bandidos. E estou indo para lá, para vencê-los e libertar meus pais e irmãos. E essa vai ser a última batalha, o Comandante falou. Isso é muito bom, porque já estou cansado de lutar. Estou lutando pela minha liberdade e de meus pais... E quando acabar a guerra, estaremos juntos de novo, na mesma casa, sem mais fome e sede, comendo na mesma mesa. Juntos e alegres... Você também está aqui por isso?

O Cego não responde nada, porque sabe que o outro está mentindo. E sabe que o outro sabe que ele sabe... Estão ali para ganhar comida e mais algum tempo de vida. Mas pra acordar toda manhã e ter coragem de se levantar, é bom pensar em algo bom, ainda que seja impossível, ainda que seja mentira... É melhor do que ter de se levantar pelos chutes e gritos dos superiores. E é isso que está acontecendo agora:

- Levantem seus preguiçosos! Indolentes! É hora de marchar! Em fila, em fila!

Os superiores gritam sempre pra que não percebam que há medo em suas vozes. Mas o cego percebe. Por baixo daqueles gritos ele, percebe medo e covardia. E é esse mesmo medo a fonte do ódio que lhes dão coragem pra lutar. Lutar com ódio deve ser mais fácil pra morrer. Tem de lutar com cabeça fria, pensa. Ele tem medo de morrer rápido, por ser cego, antes de recuperar a memória, ou quem sabe reencontrar sua mãe, e quem sabe recuperar a visão... Estão marchando há horas, há dias talvez e a estrada nunca acaba, nunca chega. A terra sob os pés mudou. Passou de folhagem, para chão duro e agora terra fofa, arenosa e seca. O clima também mudou. Antes era apenas calor. Agora é quente de dia e muito frio à noite. A ração nunca é suficiente, e a fome é constante, assim como o sono. Sem banho e com o mesmo uniforme sempre, o suor azedou nos corpos, e o odor é forte. Dá coceira e prurido, calombos que incham sob picadas de insetos, que depois viram feridas, que nunca mais fecham, assim como uma mancha de sangue no uniforme nunca sai... O comandante vai à frente gritando palavras de coragem, e de ameaças para o pelotão... Sim. A vegetação agora é bem diferente. Ele sente que as árvores são mais baixas, muito mais baixas. Não passam de arbustos pois não dão sombra. A não ser que você se sente no chão, bem embaixo da ramagem, que é toda espinhosa. Começam a subir uma ladeira. Parece que chegaram ao cume, porque ficou plano e o comandante mandou que parassem e se deitassem. De binóculo na mão, disse o que via:

- Já estou vendo a cidadela de barro. Começa numa parte baixa a beira do rio e depois vai subindo um morro como uma procissão, no rumo de uma igreja, que de fato está no topo do morro. Daqui nossos canhões podem alcançar a cidade, mas não toda. Talvez, teremos de invadir a pé. De toda forma estão cercados, por trás e pela direita pelas montanhas mais íngremes, pela esquerda, há o rio de difícil travessia, e pela frente há trincheiras e paliçadas que os tolos mesmos construíram. É um campo de prisioneiros e os tolos não sabem. Nem sei do que sobrevivem nesse deserto branco...

O garoto cego, que virara uma espécie de mascote do comandante (para esse se julgar misericordioso ao poupar e cuidar da vida um ceguinho), se sente na liberdade e obrigação de perguntar:

- Mas se estão cercados, presos aí, vivendo miseravelmente por que não os deixam em paz?

- Porque hoje estão unidos, e um povo unido forma um único corpo. O corpo de um gigante, ainda que formado por anões, é perigoso para nós... Esse povoado cresceu rápido e continua crescendo, hoje deve ter uns 5 mil casebres e uns 25 mil viventes, no mínimo... Desses devemos matar uns 20 mil, e escravizar o resto. Precisamos dos braços deles para um trabalho que é proibido para nós, que oficialmente combatemos e que queremos extinguir, mas que é essencial para nós... - Às palavras do comandante, o garoto perde qualquer vontade de lutar. Sente mais vontade de se entregar, de morrer do que outra coisa. Não quer ouvir tiros, muito menos de canhões. Nem gritos, nem caos, nem sangue correndo, nem corpos caindo... Tenta rememorar porque está ali agora, como chegou naquela situação, de arma na mão, apontada para um povo que nunca viu, nem pode ver. A vontade é de se levantar e ir embora pro lado contrário. Mas um medo agudo na boca do estômago o faz lembrar: Se fizesse isso, levaria um tiro. E onde iria comer e beber, cego naquele deserto branco? O comandante manda formarem posição de tiro. São 10 mil homens do outro lado, sem contar mulheres e crianças, contando 25 mil no total; e do lado da soldadela, no máximo mil. Suas armas são muito mais eficientes, mas ninguém sabe qual será a reação do inimigo. Pode ser que estejam esperando, preparados e se lancem de uma só feita, organizados, pra cima do batalhão. A tensão coletiva está tão densa, que chega a parecer uma eletricidade no ar, que faz todos os corpos vibrarem e tremerem. O comandante percebe e tenta relaxar a todos:

     - Não há para onde esses feiosos, sujos e fedorentos fugirem! Daqui a pouco estarão correndo e caindo como ratos envenenados. - Os homens começam a formar posição deitados. A tal planta, que viceja naquela colina, atrapalha. Além de não dar sombra, nem camuflagem, tem espinhos grandes nas folhas, galhos e mais ainda nos frutos. Alguém praguejando com um livro de bolso na mão diz que a planta se chama Favela e dá nome à colina em frente. Começa a ler uma descrição rapidamente: *gênero cauterium das leguminosas, têm, nas folhas de células alongadas em vilosidades, notáveis aprestos de condensação, absorção e defesa. Por um lado, a sua epiderme ao resfriar-se, à noite, muito abaixo da temperatura do ar, provoca, a despeito da secura deste, breves precipitações de orvalho; por outro, a mão, que a toca, toca uma chapa incandescente de ardência inaturável. Ora, quando ao revés das anteriores as espécies não se mostram tão bem armadas para a reação vitoriosa, observam-se dispositivos porventura mais interessantes: unem-se, intimamente abraçadas, transmudando-se em plantas sociais. Não podendo revidar isoladas, disciplinam-se, congregam-se, arregimentam-se. Não estão no quadro das plantas sociais brasileiras, e é possível que as primeiras vicejem, noutros climas, isoladas. Ali se associam. E, estreitamente solidárias as suas raízes, no subsolo, em apertada trama, retém as águas, retêm as terras que se desagregam, e formam, ao cabo, num longo esforço, o solo arável em que nascem, vencendo, pela capilaridade do inextricável tecido de radículas enredadas em malhas numerosas, a sucção insaciável dos estratos e das areias. E vivem. Vivem é o termo — porque há, no fato, um traço superior à passividade da evolução vegetativa...*

- Cale a boca, sargento! – Grita o comandante, com o binóculo nos olhos. Do topo da Favela, o sol atacava com suas flechas de fogo o exército deitado. O ar parado paralisava a vegetação em volta, onde não se mexia uma galha, uma folha. O calor que emanava do solo branco, ao longe, tremulava à frente da cidade como uma cortina semitransparente e ondulante, atrapalhando a visão. Os morros em volta e a cidade pareciam ondear junto, como a ilusão maravilhosa de um mar de luz, branco e ofuscante... Enquanto isso, o comandante observava o povo que não parava de chegar... Apareciam sempre vindo do Norte. Chegavam, maltrapilhos e estropiados da jornada longa. Acampavam na parte mais alta, próximos a última e mais alta linha do casario. Mal chegavam e já se entregavam à construção dos novos casebres. Cavavam um buraco quadrado como se fosse uma trincheira e a partir daquela base, erguiam com a própria terra, transformada em barro, mais varas e palha, seus novos lares ou casamatas. As linhas desses casebres formavam um círculo de trincheiras cavadas em todas as ladeiras e ribanceiras, camufladas entre monturos e barrancos da mesma cor, como preparadas para a última guerra, a guerra do fim do mundo... Deitado há meia-hora sob o fogo do sol, o garoto já tendo suado toda a água do corpo, tinha a língua ardente, como se tivesse uma brasa acesa na boca. Tem ânsias de vômito, mas não há nada para vomitar dentro da barriga. Ondas de som chegam em baforadas quentes do ar. Vozes esparsas, som de picaretas cavando, machados batendo contra paus, pás e enxadas retinindo na terra pedregosa. O Comandante está gritando algo, que o garoto não ouve, parece ser uma oração. Mas pra qual deus, qual seria o deus dos fortes e limpos? Está clamando ao Senhor, para que lhes dê boa fortuna, que nada lhes aconteça e que todo o mal aconteça ao inimigo... Todo seu corpo agora queima. Sua testa, suas mãos, suas pernas, sua barriga contra o chão. Seu uniforme parece que vai se incendiar. Até os pensamentos queimam, e ninguém consegue pensar ou se mover, e mesmo o respirar é curto, pois o ar também queima os lábios e as narinas...

— Canhoneiro Zero-Um, preparar para o disparo! — Gritou a voz do Comandante, como em meio a um sorriso. A frase atravessou toda a tensão do batalhão inerte como um choque atravessa um corpo da cabeça aos pés. Urros de comemoração e euforia explodiram entre as fileiras. O moral e o ânimo foram acesos novamente em segundos, como faísca que cai na pólvora. Ouviu-se então o primeiro estrondo, e em seguida uma nuvem de poeira se formou e foi se alastrando pela cidadela. Outras explosões se seguiram. A estratégia era continuar destruindo os casebres com os canhões e forçar uma subida desesperada da colina nua pelos inimigos em direção à tropa, o que os tornariam alvos fáceis dos fuzis... Em sua posição e ouvindo os urros dos meninos-soldados, o Cego também ficara eufórico e pensamentos curtos e rápidos relampejavam em seu cérebro: "Que bom lutar!" Toda a sua tensão, humilhações e medos sofridos, sensações, emoções e sentimentos ruins, antigas mágoas que ficaram como nódoas na sua alma, se fundem numa única força e desejo. De dedo no gatilho, mal se segurava para descarregar toda aquela energia, esperando a ordem de atirar para baixo nos ratos, que subiriam desordenados, como se tivessem incendiado seus buracos com gasolina... "Que bom matar, matar!" Se sento forte, se sente poderoso, sem dúvidas, sem nenhuma insegurança ou medo, unificado, uno, se sente um deus. Tudo que embotava sua mente desaparecera, e seus pensamentos fizeram um silêncio absoluto... Sua mente é agora um campo branco de energia com um único foco, um só alvo. Todos os pensamentos, sensações, emoções que viviam, como pequenos diabinhos, pululando em sua cabeça e brigando entre si, sumiram. Depois, vinha à sua mente limpa a imagem nítida de homens, inimigos correndo e caindo sistematicamente sob seus disparos, com seus corpos explodindo em sangue e depois evaporando em fumaça... Nada mais importava, nem a fome, nem a sede, nem o calor, nem as favelas espinhando, nem o passado, nem o futuro, nem quem foi, nem quem é, só a euforia desse instante poderoso: Sou um caçador, um predador e a minha caça está lá embaixo, e estou salivando, pensa...

Como previu o Comandante, o povo saiu de sua toca, em direção à colina. Porém, a base dessa tinha a largura de uns três quilômetros, e a multidão não vinha compacta e aglomerada como se esperava para facilitar o abate. As pessoas corriam dispersas ao longo de toda a base da colina que começavam a subir, distantes umas das outras, como um largo formigueiro atacado por um tamanduá. Homens, velhos e mulheres subiam armados, de facões, foices, ferrões de gado, zagaias, cacetes, mãos de pilão, e uma minoria à frente com clavinotes, garruchas, bacamartes, espingardas, atirando contra o cume da colina. Então o Comandante dá a ordem para as fileiras de fuzis dispararem. Não seria fácil acertar de 8 a 10 mil inimigos dispersos, antes de chegarem ao topo. A ordem para disparar chega aos meninos-soldados. O Cego dá seus primeiros tiros. O estampido e o cheiro de pólvora funcionam como uma droga estimulante para seu ânimo, a adrenalina corre no seu sangue e acelera seu coração... "Carregar, apontar, fogo! Esperem! Carregar, apontar, fogo! Esperem... Carregar, apontar, fogo! Esperem" ... Com as ordens pausadas, mecânicas, os minutos passados, a demora em acabar, e a repetição dos gestos, o soldado ao lado, corrigindo a posição de seus braços, da sua arma, a euforia vai dando lugar ao cansaço e à volta das sensações de fome, sede e calor. Em meia hora de combate, a multidão já subira mais da metade da colina, e não conseguiram abater nem a metade dela. O comandante dá então a ordem para as fileiras se levantarem e descerem a colina atirando, uma de cada vez. A fileira dos meninos-soldados é a primeira... Reanimado por sair da posição imobilizada e poder correr ladeira abaixo, o menino se levanta e é puxado por outro. Na carreira, cai de joelhos, se levanta, corre mais dez metros, tropeça, cai e rola, se levanta. Ouve a ordem de parar e atirar e depois, de correr de novo. Espinhos furaram-lhe o uniforme, os pés descalços, a cara, mas ele não tem que preocupar com os olhos. Já é cego, pensa. Alguém grita ao seu lado, que as outras fileiras não desceram. Os meninos estão sendo usados como "bois de piranha". A euforia, dessa vez, dá lugar ao medo. Pensa em clamar a deus pela vida, mas já não sabe se deveria clamar ao diabo. Os inimigos chegam a eles, e surgem na frente dos fuzis, caem sob as balas. Mas são poucos os que vão para cima dos meninos. Parecem ignorá-los. Por compaixão, ou desprezo, a maior parte se desvia deles para continuar a subir e atingir o topo. Querem chegar aos canhões e aos adultos. A fileira dos meninos já atravessou, em sentido contrário, toda a multidão, que subia e agora se aproxima dos casebres. O cego sente o cheiro da fumaça dos barracos queimando. Ouve gritos de queimados vivos, de crianças chorando. Um companheiro o puxa pelo braço:

- Aqui, aqui! – Entram num casebre deserto. – Água! Vai até um pote de barro e com uma lata, que estava sobre a tampa, pega água, bebe e dá de beber ao parceiro, que pede:

- Comida, comida... – O outro vasculha o casebre paupérrimo e só encontra um pedaço de rapadura, que compartilha.

- Vamos tirar os uniformes rápido, senão vão nos matar!

- Vamos ficar pelados?

- Os meninos daqui do nosso tamanho não tem roupas...

- Mas vão perceber que somos diferentes deles. Vão nos descobrir!

- Pelados, somos iguais a eles! Assim podemos procurar comida nos outros barracos. Mas não largue sua arma. Quando eu disser atire, atira!

Entram em outro barraco. Há uma velha abraçada a um bebê, encolhida e tremendo no chão, num canto entre paredes:

- Por amor de Deus, não!

– Atiro? - Pergunta o cego.

- É uma velha e um bebê. Se quiser, estão nessa direção.

- Ela vai nos entregar?

- Não, não vou meu fio, tenha piedade!

- As balas tão poucas e aqui não tem comida também. Vamos!

Entram em outro barraco, mas são recebidos por um tiro de clavinote, que carregado pela boca, fica sem munição. O tiro acerta seu parceiro, que cai ferido, gritando:

- Atira, atira. Mata, mata!

O cego aponta a arma na direção na direção do atirador que grita:

- Não atira! Sou eu, Malungo!

Aquele nome o faz parar o dedo no gatilho:

- Malungo?!

- Não se lembra? O que você está fazendo aqui, atirando na Cidade do Profeta? Passou pro outro lado?

- Não. Não sabia onde eu tava, nem quem é essa gente... Matei pra não morrer. E em troca de comida. Mas nos mandaram na frente para matar e morrer... Você matou meu parceiro!

O menino agoniza no chão:

- Que bom que ele é amigo, ceguinho, e pode cuidar de você. Porque eu agora estou indo. Cansei de lutar. Vou para minha casa, sentar à mesa com minha família e vamos comer pra festejar minha volta...

- Por que estão fazendo isso? Por que estão nos atacando? Aqui não fazemos mal a ninguém. Só construímos barracos, trabalhamos e comemos o que produzimos...

- Não entendi direito, Malungo. Eu nunca sei de nada, nem não lembro de nada, nem vejo nada. Não entendo essa vida.

- Vem, vou te tirar daqui, senão vamos todos morrer ou virar escravos de novo...

- Estou cansado Malungo... A gente está correndo há anos, como um rio que nunca chega no mar. Sinto o cansaço de quem está correndo há séculos, atrás de uma terra prometida. E quando a gente encontra um pouso pra descansar, construir uma tapera, um barraco pra chamar de lar, eles vêm e nos atacam... Mesmo aqui nos ermos sertões, no alto do morro mais pelado, nosso povo foi encontrado: Tentando plantar a paz, colheram balas de canhão, plantaram uma cidade, colheram destruição, plantaram uma nova vida, colheram a velha morte. Nas covas que plantaram pra a semente enterrar, vão enterrar seus mortos. Nos roçados, molhados de sangue, apenas brotam corpos pelo chão... No rio as águas se tornaram vermelhas. E eu, estava do lado errado... Não. Se quiser continuar e fugir, vá sozinho Malungo. Não quero ser uma carga pra tu carregar. Vou ficar aqui, rezando por você, irmão, defendendo essa cidade, até que uma bala me acerte...

- Vamos fugir pro Sul, lá a terra é mais rica, branda e macia. Lá os rios que correm têm água perene. Do céu ou do chão, a água mina. Quem sabe lá não teremos diferente sina? Será uma caminhada dura, de sol a sol, palmilhando léguas de pé no chão, e levando no alforje só farinha e rapadura. Atravessaremos a caatinga, canaviais, cafezais, latifúndios de soja e capim, sempre seguidos pela fome e sede, atravessando os anos e a vida. Posso até tombar no caminho e virar cruz sem nome, mas morrerei tentando. Nosso povo precisa continuar nascendo, mesmo que seja parido num parto doloroso e sangrento. Nossa nação há de nascer um dia, nós haveremos de erguê-la, nem que seja no topo de uma serra, pendurada numa ribanceira, ou na beira de um rio imundo. Nossos milhões de irmãos mortos, não podem ter morrido em vão, a luta deles não pode acabar assim. Vamos construir a paz sobre seus corpos enterrados. Temos de continuar...

- Cansei dessa marcha, Malungo. Se ao menos eu não fosse cego. Se ao menos eu me lembrasse de quem sou. Da minha mãe, dos meus irmãos...

- Na caminhada, você há de relembrar! E para onde vamos, dessa vez há de valer a pena... A riqueza da nação corre toda pra lá, como o rio vai pro mar. É certo um emprego de pedreiro ou pingente nas construções das casas e prédios, que depois precisarão de pintores. E depois de construídas e pintadas, os superiores pra lá se mudarão, e precisarão de carregadores da mudança. E depois de carregada a mudança precisarão de domésticas, porteiros, cozinheiras, jardineiros, guardas-noturnos, babás, faxineiras, garçons, encanadores, desentupidores de esgoto... E corre muito dinheiro, eles comprarão geringonças de rodas, precisarão de motoristas, mecânicos. Então não faltarão empregos e empregados, seremos respeitados e finalmente teremos comida e paz. Mas se faltar empregos, seremos camelôs, baleiros, flanelinhas, cegos tocando sanfona, biscateiros, catadores nos lixões das cidades (pois lá haverá muita fartura e desperdício pra jogar no lixo), aviõezinhos, e coveiros, principalmente, coveiros... Quem sabe coveiro de cemitério de rico, em gramado bonito e caixões de mogno, onde se enterram senhores de engenho, mineradores, barões do Café, industriais, banqueiros, políticos, militares de alta patente, empresários, famosos, grandes artistas e escritores, vitimados de velhice ou câncer. Coveiros com bom salário, de uniforme, penteados e com todos os dentes na boca, acompanhados de música, pompa e circunstância... Mas se não der, pois esses coveiros são poucos, seremos coveiro do povo mesmo, com emprego em cemitério de pobre, coveiros sujos de terra, que enterram 20 moleques toda segunda em 20 covas uma ao lado da outra... Defuntos vítimas de bala ou motocicleta. Esse emprego nunca falta, porque nossa gente morre todo dia, mas nunca se acaba. E pra um que morre sempre tem dez na fila, esperando seu lugar...

- Você está louco, Malungo? Que diferença há entre essa vida e a que já levamos? Entre o sertão e a cidade, entre o tronco e a tortura, o quilombo e a favela, o negreiro e o camburão, a cela e a senzala, entre a fome nova e a fome velha? A morte é sempre a mesma. Mas muita diferença faz morrer de morte morrida, de fome ou outras misérias, ou morrer de morte matada, lutando de cabeça erguida, mesmo muito jovem, sem conhecer a vida.

- Mas lá seremos livres. Não lutaremos por liberdade, lutaremos pelo prato de comida, é pela vida de cada dia!

- E isso pode ser chamado de viver ou de vida vivida? Se todos fossem cegos, como eu, quem sabe seria diferente, ou quem sabe seríamos todos iguais... Mas não, sempre darão um jeito de pegar alguém pra Cristo...

Malungo fica em silêncio alguns minutos:

- Você está certo, Ceguinho. O que mais querem de nós? O que virá depois? Quando virá e até quando? Melhor ficar e resistir, e fazer daqui nosso cemitério, nosso último túmulo. Vamos procurar o Profeta, ele há de nos dizer o conselho certo do que fazer....

O Comandante pedira com urgência reforços para seu batalhão, que havia batido em retirada para o lado oposto da colina. As novas legiões de soldados profissionais, que partiram da Capital, estranhavam as cidades miseráveis que cruzavam pelos caminhos. Diferença absurda entre as cidades do litoral e as malocas de pau a pique, telha ou sapê do interior. Aquilo era outro país, não podia ser a mesma nação. Eles se sentiam cruzando fronteiras, adentrando terras estranhas de outras eras. Outros hábitos. Outros quadros. Outra gente. Outra língua mesmo, articulada em subdialetos originais. Invadia-os o sentimento de que não estavam indo salvar a própria pátria, mas estavam indo destruir uma outra desconhecida. Iriam destroçar um povo que não conheciam, nunca tinham visto, uma raça que diziam inferior, que brotara daquele solo desértico, coberto de espinheiros e pedregais afiados, enfurnada em montanhas derruídas, grotões, como lagartos do agreste, calangos, teiús de duas pernas. Estavam invadindo um território estrangeiro, uma ficção geográfica. Mas como aquele povo inferior, laia de matutos, podiam estar vencendo seus companheiros, raça superior, que voltavam, mutilados, abatidos ou mortos? Sim, estavam fora de sua pátria, exilados e lutando como mercenários, em território alienígena, por isso vinham sofrendo tantas refregas... A chegada dos reforços encontrou os primeiros sintomas de desânimo entre os rebeldes. O sino da igreja, derrubado pelos canhões não mais batia ao anoitecer. Não se ouvia mais as ladainhas e cânticos entre os intervalos dos tiroteios. Cessaram os ataques suicidas às fileiras do inimigo. Proibidos de acenderem lampiões e velas nas casas, a cidadela mergulhava-se em trevas à noite. Espalhava-se o boato de que o Profeta já estaria morto ou capturado pelas tropas. Além disso, o número de baixas entre mortos e prisioneiros aumentava dia a dia. Mas entre os prisioneiros, que chegavam aos acampamentos dos batalhões não se via nenhum homem adulto, apenas mulheres com crianças de colo, enroladas como fetos, seguidas dos filhos maiores, de seis a dez anos. Passavam pelo acampamento em filas compactas. As infelizes, andrajosas, camisas entre cujas tiras esfiapadas se viam seios murchos, coxas magras, pernas esqueléticas, entraram pelo largo, mal conduzindo pelo braço os filhos pequeninos, arrastados. Essa cena cravava ainda mais a certeza no invasor de que era uma raça superior, comparada com aqueles animais bípedes, sujos, doentes e sem carne. Uma criança de seis anos, com o tamanho de um menino de três, trazia cambaleante, à cabeça desproporcional, um velho quepe de soldado que lhe cobria inteiramente o crânio, descendo até os ombros. O quepe largo e grande demais, oscilava grotescamente, a cada passo, sobre o peito fundo de costelas em relevo, de onde pendia um terço. A soldadela gargalhou. A criança levantou o rosto, fazendo com que o quepe caísse para trás. Os risos extinguiram-se: a boca era uma chaga aberta de lado a lado por um tiro ou estilhaço. Sem lábios, a criança sorria o riso involuntário das caveiras... Outro menino, em melhores condições e um pouco maior, chegou animado, entendendo que tudo aquilo não passava de uma grande brincadeira, onde fingiam uma guerra. E ele fingindo ser soldado, fumando um cigarro de palha, trazia uma garrucha imprestável, enfiada no calção. Elogiou-a, de cabeça erguida e olhar desafiador, dizendo que aquilo é que era uma arma boa, não aqueles comblés xixilados que só faziam barulheira e zoadão. Pediu uma arma ao soldado, manejou-a com perícia; e vendo-a sem balas, desfez da mesma, dizendo preferir a manulixe, ou um clavinote de "talento". Deram-lhe, então, uma mannlicher. Desarticulou-lhe agilmente os fechos, como se fosse aquilo um brinquedo. Perguntaram-lhe se já havia atirado com uma daquelas. Teve um sorriso de superioridade adorável: *"E por que não? Pois se havia tribuzana velha! Havera de levar pancada, como boi acuado, e ficar quarando à toa, quando a cabrada fechava o samba desautorizando as praças?!"* Sentado no chão sobre cartuchos, enquanto os soldados gargalhavam das gírias e gracejos daquele mini bobo da corte, o pequeno carregou a mannlicher e disparou contra eles, que revidaram em massa. Resultado: Um soldado morto, um ferido e o corpo do menino de 9 anos de vida e quatro séculos de resistência na alma, jazendo no chão... Nas ruínas de muros e paredes caiadas da parte mais fronteiriça do arraial, lia-se as últimas frases que os rebeldes escreveram antes de morrer. Ali, escrevia-se a carvão e pontas de facas páginas de um livro, que compunha uma versão caótica dos vencidos, escrita a centenas de mãos. Inscrições de grafia bronca, desenhos rústicos como rupestres e ancestrais das paredes de cavernas, onde se colhia em flagrante o sentir dos que o haviam gravado. Sem a preocupação da forma, sem fantasias enganadoras, aquelas testemunhas oculares da história deixavam por ali, o relato factual de mais uma rotina da humanidade. Como escritos numa prisão de Sade com o próprio sangue, os arabescos vermelhos de rancores pichava os muros, entrava pelas casas dentro, afogava as paredes até ao teto, de versos pornográficos, riçados de rimas duras, enfeixando torpezas incríveis na moldura de desenhos pavorosos; imprecações revoluteando pelos cantos numa coreia fantástica de letras tumultuárias, em que caíam, violentamente, pontos de exclamação rígidos como estacadas de sabre... E a guerra perdia repentinamente a feição heroica, sem brilho, sem altitude. Os historiadores futuros tentariam em vão louvá-la em descrições gloriosas...

Malungo e o cego chegaram à igreja, onde se escondia o Profeta. Anunciados como prisioneiros, que haviam escapado do acampamento do exército, tiveram ordem para adentrarem a igreja onde seriam recebidos pelo peregrino. Após cruzarem a porta do santuário, viram apenas uma pequena mesa de pinho coberta de toalha alvíssima. De repente, ergueu-se por trás dela uma figura estranha. Vestido com longa camisa azul, que lhe descia, sem cintura, escorrida pelo corpo; Costas dobradas, fronte abatida e olhos baixos, o Profeta surgia. Ficou longo tempo, imóvel e mudo, ante os dois adolescentes calados. Ergueu lentamente a face macilenta, de súbito iluminada por olhar fulgurante e fixo, dizendo:

- Aquele que não vê, viu a verdade: Aos que nos atacam, já lhe demos tinta, açúcar e café, ouro, vestes, trabalho duro dos nossos irmãos torturados... Há milênios, surgimos na África, já escrava e pobre, cruzamos o deserto do Egito, depois de erguer pirâmides de ouro, lá e em outros continentes, por diáspora compulsória: no Oriente, depois Europa, e Américas finalmente. Por séculos e séculos, em reinos, ditaduras, canaviais, algodoeiros, minas, cafezais, monarquias, democracias, palafitas, manguezais e cadeias, sempre a mesma tortura em tantas escravidões, a mesma loucura, sempre por causa da eterna chaga aberta...

Tingiram suas roupas com nosso sangue. Soterraram nossos corpos nas minas de ouro. Adoçaram seu café com nosso sangue. Comeram nossa carne-viva, salgada de suor, estupraram nossas filhas e irão cheirar nossos corpos reduzidas a cinzas brancas... Nos enforcam na América, nos assassinam nas periferias da história... Mas mesmo sabendo disso e por saber disso devemos cumprir nossa sina. Esta aqui não é a primeira, nem a última batalha que travaremos através dos tempos. E vocês dois voltarão para o acampamento dos soldados e terminada essa batalha, vocês descerão com eles para as terras do sul e levarão junto o Morro da Favela...

Uma bala de carabina é disparada de uma posição do Morro da Favela, e alveja alguém na cidadela, próximo à igreja. Os soldados avaliam que o desespero com que os habitantes se precipitaram sobre o cadáver e o levaram, revelava-lhe o prestígio. Percebendo a multidão aglomerada ao redor da igreja, é dada a ordem dos canhões dispararem contra ela, que desaba sobre os que ali rodeavam. E fora inteiramente imprevisto. O exército ficara, afinal, livre das seteiras altíssimas das torres da igreja, de onde fulminavam os soldados... E a partir dali, a queda da cidadela, que ardia em chamas seria acelerada. Menos pela derrubada das torres pelos canhões e mais pela derrubada daquele homem pela carabina. Agora, os rebeldes não tinham mais cuidado em se proteger. Andavam entre as saraivadas de disparos, rindo-se das balas que explodiam no chão e nas paredes. Não demonstravam cuidados ante as balas que explodiam por perto, andando com assovios nos lábios e soltando interjeições irônicas ante os companheiros que iam tombando ao lado. A vida na Cidadela de Barro tornou-se então insuportável. Revelaram-na depois a miséria, o abatimento completo e a espantosa magreza de seiscentas prisioneiras. Uma velha percorria com dois netos de cerca de dez anos os acampamentos dos batalhões. Os pequenos, num definhamento absoluto, não andavam mais; tinham voltado a engatinhar. Choravam desesperadamente de fome. E a avó, desatinada, esmolando pelas tendas os restos das marmitas, e correndo logo a acalentá-los, andando aqui, ali, à cata de uma blusa velha, de uma bolacha caída do bolso dos soldados, ou de um pouco d'água; curvada pelo sofrimento e pela idade, vagueando de um para outro lado, indo e vindo, cambaleante e sacudida sempre por uma tosse de tuberculosa, constrangia os corações mais duros. Tinha o que quer que fosse de um castigo, de um fantasma, de uma alma penada, que passava e repassava entre os soldados para pingir-lhes remorso e lembrança constantes... Foi incendiada viva... Mas em breve, a guerra acabaria e o que acontecera dentro daquele cordão de serras seria esquecido pelos descendentes dos agressores e dos agredidos. Ninguém massacrara nem havia sido massacrado.

A entrada dos últimos prisioneiros, que se entregaram voluntariamente foi a repetição da enorme fila de homens de cabeças baixas, em frangalhos. Tinham o passo lento e desconjuntado dos zumbis, como numa procissão de mortos-vivos. A fila extensa, como uma cobra, curvava sinuosa pela ladeira do Morro da Favela, seguindo na direção do acampamento. Os combatentes contemplavam-nos superiores. A Cidadela inimiga punha-lhes à frente, naquela rendição compulsória, uma legião desarmada, humilhada, mutilada, faminta e claudicante, como se pertencessem a uma sub-raça de animais inferiores.

Contemplando os rostos cadavéricos dos derrotados, os peitos curvos, os ventres afundados e as costelas proeminentes, sob mulambos em tiras, a vitória do exército tão duramente conquistada era diminuída por aquela aparição, que saía dos barracos destruídos. Tinham lutado contra aquilo? Repugnava aquele triunfo. Envergonhava. Os meses passados na guerra, os reveses sofridos, as vidas dos companheiros mortos tinha sido para vencer aquela caqueirada humana, aquela enxurrada de carcaças e molambos, que escorria pelos morros? Não havia um guerreiro digno, capturado vivo. Velhos carcomidos, mulheres com o espectro velhas bruxas, moças envelhecidas na mesma fealdade, escaveiradas e sujas, filhos escanchados nos quadris ossudos, filhos encarapitados às costas, filhos suspensos aos peitos murchos, filhos afastados pelos braços, passando; crianças raquíticas, subnutridas, esquálidas, e raros homens, enfermos opilados, faces mortas, de cera, bustos dobrados, andar cambaleante. Aos lados, desorientadamente, procurando os pais que ali estavam entre os bandos ou lá embaixo mortos, adolescentes franzinos, chorando, clamando, correndo. Aos olhos dos soldados, a assombração não tinha fim: Uma megera assustadora, bruxa rebarbativa e magra tinha nos braços finos uma neta, que horrorizava. A sua face esquerda fora arrancada, havia tempos, por um estilhaço de

granada; de sorte que os ossos dos maxilares se destacavam alvíssimos, entre os bordos vermelhos da ferida já cicatrizada. A face direita sorria. E era apavorante aquele riso incompleto em um lado da face que sumia repentinamente na outra... Os soldados, como transformados em narcisos às avessas, viram naquele espelho assombroso, o pior ângulos de suas faces, e decidiram instintivamente estilhaçá-lo, degolando um a um daqueles corpos em fila e depois queimando-os em uma vala... Realizava-se ali um retrocesso no tempo. Um retorno à barbárie medieval de séculos atrás. Ou seria uma página de livro futuro, que arrancada misteriosamente pelas mãos do destino, fora carregada pelo vento dos tempos, e pousara ali, premonizando holocaustos futuros? Os atores, de um e de outro lado, sempre os mesmos: os autodeclarados superiores versus os vistos e tratados e tangidos como seres inferiores. Consequência atemporal de uma animalidade primitiva, que matava a pau e pedra e a granel, ou de uma mente moderna que futuramente mataria em massa, em escala industrial? Nódoa do passado ou chaga sem cura, cancerosa, que com o tempo mais se afunda, e se abre mais?

Enquanto se dava o massacre no alto do Morro da Favela, embaixo na cidadela, ao ser invadido um dos últimos casebres pelos soldados, tenazmente defendido, esses se depararam um monte de cadáveres; seis ou oito, caídos uns sobre outros, em pilha, atrapalhando a entrada. Não se impressionaram com o quadro. Mas ao enveredarem pelo cômodo escuro, receberam em cheio, pelas costas, partindo daquela pilha de cadáveres, vários tiros. Voltando-se, pasmos, levaram outros à queima-roupa, pela frente. Atordoados e feridos, sem compreender como sucedia aquilo, comprimidos na saleta estreita, viram então saltar e fugir o atirador-zumbi, que se escondera sob o monte de cadáveres. Era Malungo...

Do binóculo, o comandante assistia os últimos casebres serem destruídos, os últimos resistentes serem degolados. Então viu aproximar-se um jovem adolescente desarmado e totalmente nu, sem oferecer perigo. Deixaram-no vir e à medida que chegava, assistiram a uma incrível transmutação. Daquele corpo denegrido e coberto de barro, mal soerguido nas longas pernas esguias, despontaram, repentinamente, linhas admiráveis, esculturais de uma plástica greco-romana. Um primor de estátua modelada, não em branco mármore, mas na negra lama. Erguera-se de súbito sobre a envergadura abatida, aprumando-se, vertical e rígida, numa bela atitude singularmente altiva. A cabeça firmou-se-lhe sobre os ombros, que se retraíram dilatando o peito, alçada num gesto desafiador de sobranceria fidalga, e o olhar, num lampejo, iluminou-lhe a fronte. Seguiu impassível e firme; mudo, a face imóvel, a musculatura esculpida duramente em relevo sobre os ossos, num desempenho impecável, feito uma milenar estátua de titã, soterrada havia quatro séculos, e de repente, aflorando sobre a terra:

- Não atirem! É o Ceguinho! - Gritou o Comandante.

A guerra terminara. Depois de degolarem e queimarem os corpos dos últimos prisioneiros numa grande fogueira, e descansarem a última noite sobre o Morro da Favela, desmontaram o acampamento pela manhã. Empurraram os canhões para grandes carros de bois, equiparam várias tropas de mulas com apetrechos e armas, atrás da qual seguiam os batalhões, numa fila de homens, que não tinha nada de orgulhosos, nem de honrados, e ao contrário, expressavam abatimento e vergonha...

A maioria dos soldados seguiriam os oficiais até a Capital, onde esperavam receber o soldo acumulado pelos meses de guerra, o que era sempre procrastinado sob inúmeras desculpas das autoridades... Revoltados contra o atraso do soldo tentaram matar o prefeito, perdendo depois a patente de soldados. Desempregados e sem receber o prometido, ergueram acampamento num morro atrás do grande quartel, Morro Santo Antônio, cujo nome foi substituído por Morro da Favela, pois lá começaram a construir casas de barro e varas, cobertas de taipa, muito parecidas com as que destruíram na guerra. Muitos mutilados pela guerra, estavam imprestáveis para o trabalho, não tinham outra saída a não ser ficar ali próximo ao quartel esperando o dia que resolvessem pagá-los. Outros sem ocupação e sem saber outro ofício que não de soldado, ainda de posse de armas, às vezes desciam do morro à noite para praticarem roubos e assaltos, e terem com o que comprar comida. O adolescente cego, agora já era um rapaz, que aparentava entre 18 e 20 anos, e ganhou a fama de ter ficado cego e perdido a memória numa batalha, sendo usado como símbolo para exigirem o que o Estado lhes deviam. Ganhara status de herói de guerra e líder local. Mas não lembrava de guerra nenhuma, nem o que se passara nos últimos anos. Quando perguntavam sempre respondia a mesma coisa:

- Eu vivia num bom lugar, brincando com crianças pretas, brancas, loiras, curumins, ruivas, amarelas, azuis. Um dia tomando banho no riacho, ouvimos uma grande explosão. Acho que foi ali que fiquei cego e sem memória. Só me lembro de ter começado a correr, andar e andar, e hoje estou aqui...

Os anos se passaram, a Capital cresceu, a comunidade cresceu subindo pelo morro, com a fama de valhacouto de malandros, ladrões, vadios, vagabundos e pivetes, lugar de todo comércio proibido na cidade, jogos e demais contravenções. O cego, sendo um dos primeiros moradores do lugar, com fama de herói de guerra e líder comunitário, tornara-se uma espécie de mito. Ficava sentado o dia inteiro num banco de madeira à frente de sua casa, fumando um cachimbo, e ali recebia gente que chegava para morar no morro, donos de bancas de jogos de azar, chefes de quadrilha, pequenos vendedores das novas drogas que surgiam, pequenos comerciantes do lugar, candidatos em épocas eleitorais, moradores com problemas de saúde, financeiros e até espirituais. Obviamente, o Morro da Favela, começou a chamar a atenção de autoridades, políticos e empresários, já que o dinheiro passara a circular na comunidade em quantidades cada vez maiores.

Um dia sentado em seu lugar habitual, com o vento que vinha do mar soprando sua carapinha e barba brancas, o cego recebe uma visita. Um homem vinha ao seu encontro, subindo o labirinto de becos, vielas e escadarias da Favela. Avistou um velho sentado num banco de madeira, fumando um cachimbo, encostado à parede sem reboco do seu barraco. O cego ouve passos ásperos se aproximando a uns dez metros e fica imóvel como se não percebesse nada. Sente na brisa um cheiro de suor de quem andou muito. De quem vem caminhando pelo mato, esbarrando a camisa nas folhas e ervas, e depois palmilhou estradas de terra, e tem as calças e os pés cobertos de poeira. Mas há também um cheiro mais recente de fumaça de óleo diesel, e de asfalto, que o suor exala junto com os outros odores. Ouve uma respiração ofegante e quando o vulto se aproxima a uma distância de três passos, o velho saca uma pistola e aponta na direção do vulto:

- Não atire! Sou eu, Malungo! lembra-se da minha voz? - *O século XXI ficou conhecido como um século de incríveis revoluções tecnológicas em todos os campos científicos, seja na nano-robótica, seja na Medicina e na Farmacologia, dando origem praticamente à uma nova medicina, baseada na engenharia genética, que consolidou as alterações, seleções e inserções de determinados genes e chips no corpo humano, que subordinou todas doenças ao controle, e mesmo, paralisou o envelhecimento das células do corpo. O homem não tinha mais que sofrer o efeito da velhice, ou qualquer decrepitude, por doença ou pelo tempo...*

O Cego titubeou por alguns instantes, como que revirando os arquivos da sua memória:

- Malungo! És tu? Pensei que era a polícia, ou algum matador... Tu tá vivo! - *A evolução, foi tão profunda, que as velhas formas do viver puderam se adaptar. Após tantos séculos de lutas, pesquisas, descobertas sempre evoluindo, eis o segredo da criação da vida e a cura da morte, e a eterna juventude nas mãos do homem. Quando aquele século se consumava, os seres humanos com acesso aos melhores tratamentos da época, já contava quase duzentos anos de idade. Não eram imortais, posto que poderia morrer em acidentes, se pouco sobrasse de seus corpos. Mas eram considerados amortais, pois de doenças e velhice não morreriam mais.*

- Estou te procurando há 50 anos, desde que acabou a guerra. Desci pro Sul, numa longa caminhada, revirei todas as cidades à sua procura, até que chegando aqui na Capital, fiquei sabendo que os ex-combatentes haviam ido morar num morro, chamado Favela. Não tive dúvida. Lembrava, da nossa promessa ao Profeta de rumar pro sul, e que no último dia de combate, tu se infiltrara no meio dos militares... - *Décadas depois, um ser humano com recursos para usufruir da medicina de ponta praticamente não falecia, pois além de novos tratamentos genéticos e da nanotecnologia, incluindo técnicas de ressuscitamento, as mortes (por acidente) eram baixíssimas entre as classes abastadas, devido ao novo estilo de vida e da nova estrutura das moradias, trânsito à estrutura de trabalho e inexistentes por doenças ou velhice.*

- Foi... Sente aqui do lado. Tenho um litro de cana, aqui embaixo do banco... - *O impacto dessa novidade, no plano filosófico, psicológico e religioso do ser humano foi brutal. De um momento para outro, todos se viram obrigados a recriar suas concepções sobre suas vidas e suas crenças perante a possibilidade da ausência da morte. Novas religiões surgiram, fundamentadas na promessa de vida eterna do corpo humano, e seus fiéis cultuavam a Deusa Ciência, rogando receberem as graças de suas mais novas invenções e tratamentos o mais rápido possível.*

- Tu te lembras da nossa promessa ao Profeta? - *...Outro fundamento dessa nova ideologia ou religião social* *reforçava-se na concepção dos novos seres humanos. Com embriões modificados geneticamente em laboratórios, podia-se escolher os melhores genes para produzir um humano mais resistente, imune a depressões e neuroses, mais inteligente e mais feliz; além do seu sexo (apenas heterossexuais), da cor de sua pele, do seu cabelo, dos seus olhos, sua altura, seu biotipo físico, etc. Essa nova descendência ficou conhecida como super-humanos.*

- De continuar a guerra no sul... Pra ser sincero, lhe digo: Tenho buscado a paz, do meu jeito, do único que posso fazer. Aqui sentado, aconselhando a comunidade. Mas não tem jeito. Os homens da cidade já se incomodaram com a gente, já mandaram a polícia subir aqui. Param nossos moradores nas vielas, mandam encostarem nos muros, revistam, dão tapa na cara, levam alguns presos, meninos desaparecem e são encontrados na vala. Não precisamos continuar nenhuma guerra. Ela nunca acabou. Ela nunca acaba... E a estratégia deles também nunca muda. É sempre a mesma: Nos prenderem, nos matarem, e fazer com que nos matemos entre a gente. - *A clonagem também se sofisticou e se consolidou socialmente. Um adulto que quisesse ter em casa o seu próprio clone, ou um seu clone com pequenas modificações (mais inteligente, mais forte, mais bonito, mais alegre), podia comprar esse serviço, bastante caro, é verdade, mas disponível no mercado mais lucrativo da época.*

- Me disseram que tu é líder por aqui... O que vai fazer? Lembra das palavras do Profeta? - *...Aquilo gerou, no início do século XXII, a sedimentação de uma raça humana de indivíduos muito parecidos fisicamente, psicologicamente e ideologicamente, que possuíam grande vínculo entre si e consideravam-se de uma linhagem superior (fisicamente e intelectualmente) à população natural de baixa renda, ainda vivípara e mortal. O fato é que a elite humana não precisava mais das classes inferiores para produzir alimentos ou prestar serviços. A robótica e seus algoritmos faziam isso tudo, a um custo bem menor e de forma bem mais eficiente, desde dirigir carros, trens e aviões, até na limpeza de ruas e casas. A grande discussão entre os governantes do mundo* *era o que fazer com aquele contingente humano, inferior em todos os aspectos, e sem acesso às novas conquistas biotecnológicas, que continuava se reproduzindo, demandando alimentação, consumo, disseminando epidemias e agredindo o equilíbrio do planeta. A novas castas de super-humanos não admitia nenhuma interação com as consideradas castas inferiores e defendia um isolamento em si mesma, e uma não declarada, extinção dos mortais de reprodução natural, vivípara.*

- Não precisamos fazer nada... A guerra veio até a nós e aí temos lutado... É uma sina, uma maldição, Malungo, sei lá... A eterna luta deles, os superiores, contra nós, os inferiores... Às vezes me vem lembranças, imagens na cabeça. Me vejo carregando pedras no Egito, construindo Pirâmides no deserto. Me vejo em Jericó, na Anatólia, na Acádia, na Assíria, na Pérsia, à beira dos rios da Babilônia, sempre escravizado... Me vejo de mãos cortadas no Congo Belga, em campos de concentração na grande guerra, em guetos na África do Sul, dizimado em Ruanda, sempre assassinado em várias fomes e guerras na Etiópia, Somália, Argélia e Benin; Eritreia, Camarões, Burquina e Burundi; Serra Leoa, Comores, Sudão e Tripoli; Gana, Gâmbia, Gabão e Costa do Marfim; São Tomé, Guiné, Quênia e Djibuti; Lesoto, Libéria, Nigéria e Malaui; Mauritânia, Mauricio, Madagascar e Mali; Marrocos, Moçambique, Namíbia e Essuatíni; Níger, Angola, Senegal e Tunes; Togo, Tanzânia, Zâmbia e Zimbábue; Ruanda, Uganda, Saara e Chade, na travessia do Mediterrâneo e em toda periferia do mundo. Me vejo no futuro distante, com a mesma sina. Não importa onde e quando. Não existe quando. Momento é vento, Malungo. O tempo não existe...

O VELHO CEGO E O TEMPO

Cruzo os altos umbrais do Edifício Arcângelo e já ouço, como se entrasse em uma concha, o marulhar de conversas sobrepostas, músicas simultâneas e do tilintar vítreo dos copos. O lugar é um amplo saguão de edifício, cujo espaço central é ladeado de bares, lanchonetes, sebos, e lojinhas de discos. É a nave da catedral da baixa boêmia. Sinto o aroma de porções fumegantes de carnes e batatas fritas trazidas pelos garçons, que vão se misturando a cheiros de cigarro e perfumes baratos. Vejo um horizonte de cabeças, flashes de sorrisos e gargalhadas rasgarem em meio à multidão sentada. Palavras ensopadas de cerveja saindo ansiosamente das bocas, nesgas de coxas nuas cruzadas sob as mesinhas de metal, saias curtas, jeans apertados, lábios pintados de vermelho, decotes negros emoldurando seios. Atravesso ondas de pessoas se levantando, se sentando, chegando, indo embora, e me posiciono numa mesinha em frente ao sebo do Isidoro. Francisco Isidoro.

O sebo é de uma só porta, estreito e longilíneo como um corredor, cujas paredes são formadas de livros do chão até o teto. E tão comprido que vai escurecendo à deficiência das lâmpadas, até ficar totalmente escuro como um túnel, cujo final não se enxerga. E é lá no fundo que se esconde o velho Isidoro. Pra ele não faz diferença, já que é absolutamente cego. Grito o seu nome ("Seo Francisco!") e em resposta ouço o eco de seus passos engasgado com os de sua bengala. Vem vagarosamente em linha reta, mas com a segurança de quem vive ali há setenta, oitenta anos. Um garçom do bar ao lado vem me atender.

- Me vê uma gela... Não, por enquanto não! – Lembro que estou sem grana. – Aqui Seo Chico!

Ele vem até a mim no seu velho terno e gravata, cheirando a livros velhos, acerta o pé da mesa com sua bengala, puxa uma cadeira e se senta, abrindo um sorriso na direção de ninguém. Reparo nos seus "olhos sem olhar" e eles sempre me parecem mirar um horizonte muito distante, imaginário, mas real.

- Como vai, seo moço? – Pergunta ele, descobrindo a direção de meu rosto.

- Vim te fazer uma visitinha. – Arrasto minha cadeira mais pra perto.

- Não vai beber nada hoje? – Avança a cabeça pro lado da minha, e seus cabelos finos e brancos, penteados pra trás, lhe caem na testa.

- Como é que senhor sabe? - Ao fundo, em um bar mais recolhido ainda que o nosso, estão dois casais em mesas opostas.

- Não estou sentindo o cheirinho bom da cerveja... – Tenta ajeitar os cabelos com a mão.

- O senhor enxerga mais que nós, Isidoro. - Numa das mesas está uma morena num vestido claro e justo.

- Tá com sede, mas sem numerário? Eu lhe pago um trago. – E apoia as duas mãos sobre o cabo da bengala.

- Tô dizendo que cê enxerga fundo... Vou ficar te devendo essa. - ...De saia curta, cintura fina, ombros nus.

- Não me deve nada! – Sorri generosamente, erguendo as sobrancelhas, com os olhinhos fundos e vesgos.

- Então obrigado! – ...Anéis e colares brancos, contrastando com a pele morena. Assovio e ergo o braço pra o garçom me avistar.

- Sem briga! – E um de seus olhos fica mais fechado que o outro.

- O senhor fica muito escondido lá no fundo do sebo. É muito escuro. Assim o freguês chega e acha que não tem ninguém... – ...Cabelos negros ondulados e brilhantes, caindo um pouco abaixo dos ombros... Peço a cerveja.

- Não há fregueses há essa hora. E a escuridão não faz diferença pra mim. Além do mais não gosto de sair da minha gruta. - Fecha os dois olhos, comprimindo-os como se ardessem.

- Fora da caverna, espreita a morte. – ...Olhos negros de odalisca, amendoados e com cílios postiços, contornados a lápis.

- Não temo a morte, aguardo-a com esperanças e impaciente. – Suas narinas se dilatam num suspiro.

- Mas o senhor, sozinho no meio desses livros velhos... Se pega fogo, como vai fazer? – Sobre os olhos, sobrancelhas retas e realçadas, que vão se afinando rumo às têmporas. Sobre as pálpebras, uma sombra azulada. A cerveja chega e o garçom a serve num copo americano.

- Houve um imperador chinês que mandou queimar todos os livros... – Vira-se pra mim, erguendo uma sobrancelha e abaixando a outra.

- Queimar a história? – ...Lábios em forma de folha, úmidos, pintados com batom chocolate, com o lábio superior levemente mais fino que o inferior... Bebo um primeiro e longo gole.

- O mesmo que mandou construir a muralha da China. – E estica o pescoço enrugado no colarinho como o jaboti faz no casco.

- E cercar o presente, o tempo... – Vê-se ainda o lóbulo das orelhas da morena, donde pendem longos brincos prateados.

- Onde a morte, a degeneração do ser não podem entrar... – Olha pra cima sem olhar.

- Como na sua gruta? – Ao lado da morena está um jovem de cabelos pretos e lisos, penteados pra trás, com um leve topete, braços fortes, camiseta branca estampada com o rosto de Che, jeans azul claro e botas pretas.

- Eu já sou um degenerado! – E ri projetando o queixo.

- Sabe que há quem duvide que és cego, hem?! O senhor sabe exatamente onde se encontra cada um desses milhares de livros nessas dezenas de prateleiras. – A morena cruza as pernas e não posso deixar de reparar naquelas curvas, que terminam em sapatos de salto alto, prata, calçando dois mimosos pés de dedos miúdos... Bebo o segundo gole, esvaziando o primeiro copo.

- Não precisa enxergar pra isso, basta boa memória. – Muda a posição da bengala e das mãos.

- Mas ainda assim deve ser um labirinto pro senhor... - Na outra mesa está uma loira...

- Eu me dou bem com labirintos... – Sorri levemente sem mostrar os dentes.

- E num labirinto a visão não ajuda muito... – Loira de cabelos cheios, curtos, encaracolados e dourados, deixando a nuca à mostra... Encho outro copo espumante.

- A visão do olho, não. Mas pra um cego, sua visão está em toda parte, apesar do foco está em lugar nenhum. – E fica com os lábios entreabertos depois da fala.

- E por isso, o senhor olha mais pra dentro e enxerga mais profundamente. - Veste um vestido preto, que se inicia tarde, depois do começo dos seios, que parecem quererem saltar... Bebo o terceiro gole.

- É possível. Mas mesmo que eu enxergue o que outros não enxerguem, atrás disso há sempre outra coisa que eu não irei perceber... – E faz um ar professoral.

- Como assim? - E o vestido fatalmente seria vencido pelos seios, não fossem duas alças finas e pretas que se cruzam no colo alvo, segurando-os... Bebo o quarto gole.

- Mesmo que eu consiga enxergar e observar minha mente... Minha alma, meus pensamentos, minha consciência enfim, será uma outra consciência minha ou um outro nível de consciência que estará observando, e atrás ou acima dela há uma outra consciência ou um nível mais profundo e assim sucessivamente. – Quando fala deixa mostrar apenas os dentes inferiores.

- A consciência da consciência da consciência... - Os lábios carnudos têm uma polpa de pétala, realçada por um carmim vibrante... Bebo o quinto gole, esvaziando o segundo copo.

- Infinitamente... Meus pensamentos são vozes interiores, em constante discussão, conflitantes que ouço, percebo e observo fluir, mas esse sujeito que percebe é também uma outra consciência, e a consciência desse segundo observador é na verdade um terceiro observador voz, e assim por diante. – Abaixa o queixo quase encostando-o nas mãos sobre a bengala.

- Como aquelas bonequinhas russas que se vão abrindo e sempre tem uma dentro da outra. - ...Olhos verdes profundos, contornados por lápis esverdeados, intensificando mais ainda a cor.

- Como a matéria, o átomo, ou dois pontos no espaço, que por mais que sejam divididos, sempre haverá um espaço entre eles, que também é infinitamente divisível. – Ergue o queixo pra cima.

- Ou como o morceguinho da canção de João do Vale... – E começo a cantarolá-la e a batucar na mesinha de metal.

- É... É a intuição popular que criam mitos universais na humanidade... – Estica um dos braços sobre a mesa.

- E o morcego é o animal cheio de mitos: Desde o vampiro até de que são ratos velhos que criaram asas, de que são cegos. Talvez por habitarem grutas, como o senhor: *"Mata um, tem outro dentro dele Dentro dele tem outro menorzinho Procurando com jeito ainda encontra Dentro do outro um outro morceguinho"* - ...Sobrancelhas arqueadas em vértice e finas lhe dão um ar de irresistível arrogância... Encho o terceiro copo.

- Tua memória é ótima. – Batuca os dedos sobre a mesinha.

- Só a musical. Já a do senhor é enciclopédica! - ...Brincos de ouro e pérola sobre a conchinha branca das orelhas.

- Acho que não, sou muito limitado. Não sou nenhum memorioso. A questão é que releio muito. Releio mais do que leio... Aliás relia! – E sorri – Depois dos 50 anos de idade, quando fiquei cego, leem pra mim, não é? Mas gosto de ser não lembrar. Assim posso sentir o mesmo prazer, ou outros prazeres em reler um livro que já li há cinquenta anos atrás. E cinquenta anos de esquecimento equivalem a uma grande novidade! Os escritores contemporâneos já são muito parecidos conosco, quem está atrás de novidade, vai encontrá-las com mais facilidade nos antigos... – Sua bengala cai e ele se abaixa pra pegá-la.

- É, a memória humana é muito limitada e nossa percepção da realidade, muito mais... Não conseguimos apreender completamente nem um instante... - ...Pulseiras e anéis de ouro, em mãos pousadas sobre a saia, se destacam sobre o veludo negro do vestido.

- Também, se conseguíssemos... O conhecimento perfeito de um só instante seria suficiente pra que uma inteligência infinita soubesse a história do universo, passada e vindoura, já que o instante presente é consequência do anterior e causa do posterior... – Para de tamborilar os dedos.

- Então tudo seria inevitável e já pré-determinado, sendo possível deduzir o futuro... Mas e a interferência dos sujeitos, o pensamento, a ação, o livre arbítrio? - ...Pernas lácteas, que começam em coxas longas e se demoram até um scarpin de salto fino, preto fosco, que não esconde o dorso dos pés miúdos e róseos... Bebo um longo e saboroso gole.

- Não creio em livre arbítrio. Essa noite, em que aqui estamos, não é uma noite. É uma série de séculos que a

precederam. – E olha pra um ponto imaginário no chão,
como se pudesse enxergar.

- Bem, mas agora por exemplo, eu tenho várias
alternativas de pensamentos e ações e posso escolher entre
elas. Decidir... - Ao lado da loira está um jovem moreno de
cabelos lisos partidos ao meio, que se derramam pelos lados
rente à linha do forte maxilar.

- Mas a decisão que chega à sua consciência, já foi
antes tomada por seus neurônios, numa seleção de
algoritmos bioquímicos. Além disso, as alternativas não são
infinitas. E sua escolha, decisão, já foi influenciada, pré-
determinada pelo instante anterior, o pensamento anterior,
as ações anteriores, suas, de seus pais, de seus avós até
chegar no seu primeiro ancestral. – Leva a mão ao bolso do
paletó como se fosse apanhar os óculos. Talvez a memória
de um gesto antigo.

- É, mas pra validar isso, temos de dar voto de
confiança absoluto em nossa memória. E se ela for falsa? –
O garoto tem lábios pequenos e cavanhaque escanhoado.
Veste uma camisa social vermelha com um colete preto por
cima, que não escondem a caixa toráxica.

- É possível que o planeta tenha sido criado há
poucos minutos, provido de uma humanidade que "recorda"
um passado ilusório. Essa ideia é antiga... – Fala olhando
pra cima, franzindo os lábios.

- E atual. Já pensei em escrever uma ficção onde
seres humanos sofrem implantes de chips com falsas
memórias em seus cérebros... Mas alguém já deve ter
escrito isso. – ...O jovem veste calças de couro preto e botas
de salto, a la flamenco.

- Não há problema. Você pode melhorar a ideia,
cunhar um símbolo humano. A ideia não será menos sua, só
porque alguém a trouxe à tona das páginas primeiro. Você
pode pegar a ideia nua e vesti-la outras roupas... Quem
sabe crie um personagem que se torne um mito pra o
futuro. Como Dom Quixote... – Fecha os dois punhos sobre
a bengala.

- Ou como Deus, pra mim o maior personagem que a mente humana já criou. E paradoxalmente, o mais absurdo e o mais acreditado por essa humanidade, que ergueu templos pra cultuar esse conjunto de imaginações judaicas...- Os dois casais, cada qual a seu lado, conversam sorridentes e simultâneos, cruzando palavras no ar, que não chegam a mim.

- ...Interpretadas sob a visão platônica e aristotélica. Há na história das religiões, da filosofia, doutrinas provavelmente falsas, que exercem um obscuro encanto sobre a imaginação dos homens. A doutrina do trânsito da alma permeia tanto o pensamento ocidental, platônico e pitagórico, quanto o pensamento oriental da Índia, China, de tribos indígenas brasileiras... É universal... – Abre as duas mãos sobre a mesa como polvos submersos.

- Talvez porque Deus, esse personagem mitológico, seja criado à imagem e semelhança do homem, mas complementado por seus sonhos. Um retrato do homem sonhado, um antirretrato de Dorian Gray... - ...Chega uma garrafa de vinho na mesa da loira e do cigano.

- Um personagem que é eterno porque permite uma infinita e plástica ambiguidade. Não argumenta, e portanto, é infalível, não declara seu nome, e portanto é inalcançável, não racionaliza, como todo bom personagem que se incorpora à memória geral da espécie. – Estica os dedos das mãos como se estivessem dormentes.

- Por isso acredito em Deus, porque é o melhor personagem já criado. – Rimos juntos. - E nos ajuda a suportar a realidade... - A morena e Che bebem cerveja.

- Ou senão, ajude a compreendê-la, ou pelo menos, a suportá-la com esperanças. – Deixa a bengala escorada num canto da mesa.

- Mas o fato é que tentamos compreender a vida, o universo, com um instrumento bem precário que é a linguagem... - Os casais estão sentados de modo que as mulheres ficam de frente e os rapazes de costas um pra o outro.

- A linguagem não é um fato científico, mas artístico; foi inventada por guerreiros e caçadores e é muito anterior à ciência. – Entrelaça os dedos sobre a mesa.

- Inventada por um chimpanzé que, nasceu prematuro, sem pelos e instintos, e ficou metido a besta! – Rimos juntos – E o pior é que pensamos, tentamos compreender as coisas por meio dessa linguagem rupestre. - Os casais bebem e conversam. – A morena e a loira cruzam olhares pela primeira vez... Bebo outro gole.

- Sim. Toda linguagem é de natureza sucessiva, não é apropriada pra pensar o eterno, o intemporal. E essa linguagem, por sua vez, contém instrumentos mais precários ainda, que, no entanto, o ser humano adora, é atraído, e acha um dos melhores pra chegar à verdade, que são as metáforas, essa interseção momentânea de duas imagens... Bem, não é um dos melhores, mas sentimos institivamente a verdade por meio delas. – Faz aspas com os dedos.

- A Bíblia utiliza-se muito delas e faz sucesso há mais de dois mil anos. E é o maior best-seller de ficção no Ocidente. – O cigano lê o cardápio, parece que vai fazer um pedido.

- O que não quer dizer que não seja verdadeira ou real, mais que nós. Já que os personagens de uma ficção podem ser mais profundos, mais humanos e duradouros que seus leitores, nós podemos ser mais fictícios, posto que deixaremos de existir. – Coça o pescoço.

- Jesus, não o histórico, é outro grande personagem, um deus suicida... - ... As duas continuam se reparando... Bebo outro gole, acho que do quarto copo.

- Um deus que fabrica o universo pra fabricar seu patíbulo. Que se matou com uma prodigiosa e voluntária exalação de sua alma. – Espalma uma das mãos sobre a gravata, ajeitando o colarinho.

- Sabia que iam matá-lo, tinha poderes pra evitar, mas preferiu esse suicídio pela mão dos homens pra salvá-los. Mas salvá-los de que? De conviver com um deus na

Terra? De não conviver com Ele eternamente? De sofrer penas eternas por atos fugazes? Eis o grande mistério da fé... - A loira toma um gole da taça de vinho tinto, passando a ponta da língua entre os lábios, enquanto a morena cruzava as coxas. Bebo um gole nervoso, esvaziando meu copo.

- E também seríamos fragmentos de um deus, que no princípio dos tempos se destruiu, ávido de não-ser. – Põe um dos cotovelos na mesa e escora o queixo na palma da mão.

- Então, aquela matéria inicial, que se explodiu no Big-Bang pra formar o universo, era Deus se suicidando pra dar origem ao mundo, mas talvez, ávido de ser múltiplos seres... – Dessa vez é a loira que cruza as coxas, enquanto a morena passa a mão entre a negra cabeleira. Tento encher meu copo, mas a cerveja acabou. Peço outra. Não consigo mais olhar pro Francisco, fico paralelo, ombro a ombro com ele.

- Ou isso... É pouco o que nossa mente consegue supor, então não podemos desperdiçar nenhuma conjetura.

- E voltando à linguagem, então, talvez a intuição e outros tipos de percepção sejam instrumentos mais eficientes pra se compreender o mundo. – O cigano pede algum prato pro garçom. Minha segunda cerveja chega.

- Bem, as mulheres que pensam muito intuitivamente, parecem compreendê-lo melhor.

- Principalmente quando estão grávidas e são mães. São mais telúricas, sentem a vida com mais clareza, com mais força. – A morena se levanta e vai à toalete. Cinco segundos depois, a loira se levanta e também vai. Dou uma bicada na cerveja.

- E nós homens só temos a arte.

- E corremos o risco de confundir a realidade com a arte. – Che está pedindo algo pra o garçom.

- Pode ser uma confusão, mas também pode ser uma coincidência. Se todo homem se identifica com determinados personagens, não pode ser uma confusão. Deve ser uma coincidência. Ou bem mais do que uma coincidência... Uma projeção de seu desejo, e como os desejos são os mesmos...

- ...Um personagem pode ser todos os homens... – A morena volta sinuosa requebrando, com um sorriso sutil.

- E, portanto, um homem pode ser todos os homens...

- Com os mesmos desejos, medos, sonhos, pensamentos, dores, ambições, fantasias... – A loira volta rebolando com um sorrisinho cínico.

- E como pode ser que não haja pensamento ou dor que não sejam voluntários...

- Cada um é todos, ou os mesmos. Ou no mínimo, gêmeos muito parecidos... Abandonados pelos pais neste grande orfanato azul que é a Terra. Isso deveria nos dar um sentimento de fraternidade... – A morena se senta, cruzando as coxas longas, e ajeitando a liga da meia-calça branca.

- Sim. E por isso sou fatalista: Somos desamparados, mas raramente somos solidários, e nunca amamos naturalmente o semelhante. E por quê? É uma sina, ou está programado em nosso DNA. Toda a civilização foi construída via cooperação coletiva, mas esta teve de ser compulsória, assim como a coletividade humana só consegue existir sob leis, poder de polícia e costumes compulsórios... Mas também podemos ser o sonho de um outro ser, tendo em vista o caráter, o funcionamento, o mecanismo idêntico dos personagens, da natureza e das coisas. O mundo pode ser um sonho. Alguém agora pode estar nos sonhando. Um sonho feito de substância quântica, que permeia, invisivelmente, toda matéria e energia.

- Assim como o que sonhamos pode ter substância real... É pena que não possamos provar isso. - A loira se senta lentamente.

- Há uma conjetura, que considero perfeita, à qual supõe que um homem sonha que foi ao paraíso, onde lhe dão uma rosa, e quando ele acorda tem a rosa na mão.

- Bom, adolescentes costumam sonhar fazendo sexo e quando acordam tem a flor molhada... – Rimos. - Então a poluição noturna é uma prova física de que o sonho foi real. – Ela cruza as coxas grossas...

- Sim, o paraíso é real! – Rimos os dois.

- Mas se também formos o sonho de alguém, não temos poder de mudar a vida, nem o universo, nem nós mesmos, e portanto, não temos livre arbítrio. – ...E ajeita as ligas negras da meia-calça transparente.

- E nem podemos fazer nada contra o tempo. Não podemos abolir nosso passado, verbi gratia.

- Somos prisioneiros dessa engrenagem universal, desse sonho. – Na mesa da loira, chega numa panelinha de barro fumegante uma moqueca capixaba.

- Encarcerados nesses corpos, nesses simulacros, perpetuando a imagem dessa imagem...

- Como um espelho na frente do outro? – À mesa da morena, o garçom traz uma porção de acarajés quentes, recheados de vatapá e camarão frito.

- Sim. Infinitamente... Uma prisão de espelhos, um labirinto sem centro, que é o presente.

- Mas não podemos dar uma espiadinha no outro lado, pelas fendas, pelas frestas desse sonho, pelos buracos da fechadura dessa prisão? – Abaixo pra pegar uma tampinha e olho embaixo das mesas da loira e da morena. Bebo mais um gole.

- Penso que sim. É isso que venho tentando fazer durante toda minha vida... Tentando espiar de curioso. A memória pode alterar ou fantasiar o passado, assim como a imaginação pode alterar o futuro. Mas estamos presos ao presente que é inalterável e muito grande. E por outro lado, podemos sentir o passado e pressentir o futuro, mas o presente escorre entre os dedos, e quando achamos que o estamos sentindo, é porque ele já é passado.

- Então se não existe presente, talvez não exista o tempo... E talvez a morte seja uma fresta um pouco maior... – Um menino passa vendendo "amendoim torrado, salgado e quentinho" em cones de papel dentro de uma lata aquecida por brasas acesas em sua base. Compro um cone com minhas últimas moedas.

- Assim como os nossos sonhos ou os pesadelos... E nas frestas, temos o olho de Deus...

- Falando em sonhos, há tempos carrego comigo a intuição de que tudo o que qualquer homem sonha ou sonhou um dia se realizará. – Tanto o Cigano quanto Che se debruçam ferozmente sobre suas porções, enquanto a loira e morena apenas beliscam e mordiscam as guloseimas. Jogo um bago crocante na boca.

- Pode ser. Os homens que imaginaram a chegada do homem à lua, como Wells e Verne, achavam impossível esse feito. E menos de 30 anos da morte de Wells, isso foi conseguido... Por isso acho o maior feito da humanidade no século 20.

- Por confirmar que todo sonho se realizará... Pelo menos os grandes sonhos, os sonhos gerais, universais, comuns da humanidade. Assim como seus medos comuns... – As duas continuam se flertando, enquanto os rapazes só dão atenção pra seus pratos e suas bebidas. Mastigo mais uns grãos salgados de amendoim e dou mais um ou dois goles na cerveja.

- Não há homem que não seja hoje o que será...

- Ou que não sonhe hoje o que não será... Assim como tudo o que ele sonha ou acha que foi, ele é. – Os rapazes limpam seus pratos e a loira olha pro nosso lado. Trinco mais um amendoim entre os dentes.

- Sonha o que não terá em vida, mas já é o que seria se o tivesse... Mas essa conversa é infinita, seria boa pra a eternidade, e eu tenho muito pouco tempo por aqui. Mas espero que você continue discutindo, evoluindo esses pensamentos, assim pelo menos, parte do homem que fui continuará vivendo, assim como eu continuei meus predecessores...

- Claro que sim. O senhor daria um ótimo personagem pra a memória coletiva da humanidade. – O garçom recolhe os pratos das duas mesas.

- Bem, até o subconsciente deu um personagem famoso e uma nova mitologia, não é?

- Não sei se sobrou nada por inventar... – A morena também olha pro nosso lado.

- Isso não é essencial, mas ainda existe uma infinita imensidão de espaços e ideias que ignoro e me ignoram.

- Eu já imaginei que cada átomo encerrasse um universo, assim como o nosso estaria contido num átomo de outro universo... – A loira puxa um cigarro, o cigano acende e ela começa a fumar com volúpia.

- Acho que Pascal imaginou isso antes.

- Tá vendo? Tudo já foi pensado! – A morena também tira um cigarro.

- Por outro lado, há quem diga que há na alma matizes mais desconcertantes, mais inumeráveis e mais anônimas que uma floresta outonal... E que mesmo dentro de um vendedor de amendoim possam estar todos os mistérios da memória e todas as agonias do desejo.

- ...Todos os sonhos da carne e da alma... Talvez a culpa dessa frustação de parecer estar sempre repetindo, o que outros pensaram ou sentiram, seja da escrita. - Peço um cigarro ao garçom.

- É verdade que nem Buda, nem Sócrates, nem Jesus, jamais escreveram uma palavra. Talvez estivessem pensando nisso.

- E Kafka queria queimar seus escritos... Mas tiveram discípulos, amigos traidores que foram lá e escreveram, conservaram o que disseram. – O garçom traz o cigarro e acende.

- E esta humanidade deve muito a esses santos traidores, pro bem e pro mal! – Sorri. – Mas não se preocupe, todo o homem que nasce é sempre o primeiro, nasce com a mesma sede e a mesma fome de Adão.

- Ainda vivemos o momento em que o homem ainda tem fome e se alimenta da Árvore da Sabedoria. Cada homem é o mesmo homem que viveu há quatro mil anos atrás. O que os difere é o habitat e o tempo. Ainda somos Adãos. Mas nunca vamos superar essa fase? – As duas trocam sorrisinhos e dou uma prazerosa tragada.

- Talvez porque sejamos o mesmo personagem de um único livro, conforme o tratado de Sefer Yetsirah.

- Escrito por Deus... – A loira faz anéis flutuantes de fumaça. Dou mais uma tragada e uma bicada na cerveja.

- Que se utilizou de vinte e duas letras fundamentais, desenhando-as, combinando-as, produzindo tudo o que é e tudo o que será.

- Então todo o universo seria um livro, no qual cada astro, cada natureza, cada ser, cada coisa, cada forma é uma palavra, um parágrafo, um capítulo... Daí uma das formas de decifrá-los seria a metáfora. – Che pergunta num tom que consigo ouvir, pra quem ela sorri tanto e tanto olha pra trás.

- Não é à toa que grandes líderes religiosos e filósofos falavam e escreviam por metáforas... Mas já disseram que o universo, o abismo das estrelas e tudo no mundo seja apenas reflexos, um espelho das nossas almas.

- Logo se vemos misérias no mundo é porque estão dentro de nós... E também se vemos estrelas, belezas... – No instante que o Che olha, o Cigano que o tinha ouvido também olha pra trás.

- Podem estar dentro de todos, ou apenas de um homem, que pode ser um anônimo, um engraxate que anda por aí... – Os dois se encaram.

- Então caberia a cada homem eliminar as misérias que existem dentro de si pra melhorar o mundo... – O Cigano de cara amarrada pergunta ao Che alguma coisa que não ouço.

- Ao invés de ficar esperando que o Estado ou os políticos façam isso... – Sorri.

- Mas estamos perdidos dentro de nós mesmos. Todos os passos que dei na vida até hoje, todos os pensamentos que tive deixaram um rastro dentro de mim que formam um labirinto... – Che retruca perguntando alguma coisa.

- Ou uma figura geométrica... Mas nenhum homem conhece essa figura, ou seja, não sabe quem é, de fato. Na verdade, é apenas um personagem em si mesmo, que ele conhece. Não a própria essência

- Por isso, ao invés do "conhece-te a ti mesmo", seria melhor conhecer o teu vizinho... Ou, melhor, a tua vizinha mais bonita... – Rimos. As duas trocam olhares enigmáticos.

- Mas há homens reais que parecem não ter sido escritos por um deus, mas por outros homens... O Hitler, horrendo em exércitos públicos e espiões secretos, é um pleonasmo de Carlyle. Os alemães foram os mestres do horror no século dezenove... Lenin, uma transcrição de Karl Marx.

- Achava o Hitler, um subproduto da obra de Nietzsche... Aquela ideia do super-homem que o Hitler tentou implementar...- Os dois rapazes se levantam e discutem.

- Enquanto o povo queria, sonhava com um herói. Aliás, Carlyle escreveu em 1843 que a democracia é o desespero de não encontrar heróis que nos dirijam. Aí se caem no conto dos salvadores da pátria...

- O Herói, esse grande personagem que rivaliza com o Deus, afinal é um semideus. – O cigano joga uma taça de vinho na cara de Che.

- E o nazismo não triunfou porque não convencia literariamente. Os homens mataram e morreram por ele, mentiram por ele, mas ninguém no íntimo queria que ele triunfasse. O Hitler quis ser derrotado.

- Sempre achei isso, pois cometer o mesmo erro do Napoleão, invadindo a Rússia num dos piores invernos da história, sendo um fã do Napoleão... É uma das provas. Outra é que ele poderia ter se apossado das reservas de petróleo do Oriente Médio e ter vencido a guerra. Uma estratégia óbvia que não tentou. Cometeu uma série de atos, que sabia que o levariam à morte, à derrota. – Che revida, jogando um copo de cerveja na cara do outro.

- Mas talvez o Hitler fosse tão fã de Napoleão que queria vingá-lo dos russos. Uma vingança histórica....

- O Nazismo é recorrente na história, como a escravidão. Sempre voltam com outros nomes e sob outras formas. Mas vêm do mesmo desejo de criar uma elite superior com poder sobre os outros seres. Creio que sua roupagem mais recente será via engenharia genética, quando os pais poderão escolher a cor da pele, dos olhos, o gênero, a altura, o QI dos filhos... ...Mas naquele momento da história, talvez o mais importante pra Hitler fosse a vingança contra os russos, os judeus, a França, o fato de ter sido humilhado, escarnecido na primeira guerra... – O cigano dá-lhe um soco e Che cai sobre a mesa.

- Como o é pra a maioria dos homens a vingança, essa vaidade... Mas se a literatura antecipou, premeditou esses homens, também já profetizou algo que ainda está no futuro: o esquecimento de sangues e nações, a solidariedade do gênero humano.

- E já eternizou momento... Penso que o homem tem de eterno é tudo o que imaginou, pois isso não possui matéria e, portanto, está imune ao tempo. Portanto, é indestrutível. – Che se levanta, quebra um casco de cerveja de baixo pra cima na borda mesa e parte pra cima do outro.

- Como o Nada budista, taoísta, ou do Mahamudra, também é indestrutível e eterno, pois está fora do tempo.

- Já eu acredito no Tudo. Creio, por exemplo, que a emoção uma vez sentida não se esvanece. Soma-se às outras e se transforma noutra coisa: O que somos. Então nunca perdemos nada ou ninguém, porque esse algo ou alguém são sensações nossas, que se amalgamam a outras e formam o que somos no presente. O menino que fui, o adulto que sou e o velho que serei estão aqui, agora. – O Cigano saca uma adaga escondida.

- Só se perde realmente o que não se teve... E você pode desfrutar ainda de suas felicidades de menino, pois a tristeza de hoje não é mais real que a felicidade pretérita.

- Nem menos atual. E não somos mais reais ou mais atuais que os mortos de cem anos atrás, pois estamos dentro da mesma infinitude do tempo. E também por que daqui a cem anos, todos os vivos de agora estarão tão mortos quanto os de cem anos atrás... Se não haverá diferença na eternidade, então não há agora, pois somos um átimo dela. – Os dois ficam se estudando, enquanto as pessoas vão abandonando as mesas.

- É, o tempo é uma delusão... A indiferença e a inseparabilidade de um momento de seu aparente ontem e de outro de seu aparente hoje bastam pra desintegrá-lo. E se o tempo é um processo mental, como podem compartilhá-lo milhares de homens, ou mesmo dois homens diferentes?

- Talvez não compartilhem. Por isso, morremos sozinhos, por isso divergimos tanto, não nos encontramos quase nunca, quase nunca nos sentimos, nos amamos de verdade... Vivemos presos no nosso universo particular que mal pode se comunicar com os outros. – Muita gente vai embora sem pagar, outros deixam dinheiro nas mesas e também vão embora.

- E aquele que mata um único homem, destrói um mundo... Por outro lado, a vida contém elementos e processos muito simples, então é pobre demais pra não ser também imortal...

- Não sei se entendi, mas posso chegar à mesma conclusão por outro caminho. A ciência de hoje prova que os seres humanos são combinações de vários genes. Essas combinações não são infinitas, mas o tempo é, e por isso tendem a se repetir. Então existirá alguém geneticamente idêntico a mim no futuro. Isso se os nazistas do futuro permitirem... - Os dois contendores se acertam estocadas nos braços.

- Mas a outra vida já estaria dentro da própria vida...

- Sim, pois uma outra vida depois da morte seria o próprio inferno. Nada após a morte seria o paraíso... – O garçom grita que já chamou a polícia. É a deixa pras últimas pessoas que sobravam (provavelmente cocainômanos de banheiro) irem embora.

- Vou morrer e o mundo continuará sem mim... Por que nos lamentamos desse tempo infinito posterior à morte, e que não será nosso, se não nos lamentamos do tempo infinito anterior a nossa morte, que também não vivemos?

- Eu lamento! O que me faz mais penar, e me traz pesar, é menos o tempo que não serei após a morte, mas todo o tempo que não fui antes de nascer. Queria ter vivido o Egito antigo, a Grécia antiga, todos os tempos do passado. E creio que posso ainda senti-los. Quero acreditar que não existe imaginação, que tudo é memória, passada ou futura. E se imagino que vivi naquela época, estou lembrando o que vivi, seja no passado, seja no futuro. – Os dois contendores giram como um rodamoinho derrubando cadeiras, mesas, garrafas e copos. As duas mulheres me olham com uma expressão de pedido de socorro.

- Os sonhos que agora tens foram causados pelos milhares de inextricáveis fatos que os precederam...

- E que os sucederam... Ao ler sobre história, tenho a sensação de que já vivi aquilo, assim como quando leio ficção futurista. – Os brigões giram em torno de nós, muito próximos.

- Talvez tenha vivido ou viverá mesmo. Uma prova disso pode ser o nosso idioma que permaneceu e permanecerá quase o mesmo nos tempos. Se cada momento fosse realmente novo, as palavras seriam novas... A originalidade, a invenção, não seriam tão raras.

- As palavras são as mesmas, os pensamentos, os mesmos; os sentimentos, os mesmos... Por isso acredito que o fato de se ter uma ideia original antes de todos não quer dizer nada... – Policiais de uniforme marrom chegam, apartam a briga e levam os dois, algemados.

- Sim. Um escritor que escreveu algo já pensado anteriormente, mas que ele nunca lera, valerá mais que o antecessor dele, se conseguir escrever melhor... A linguagem é poesia fóssil.

- E a fala cotidiana é quase sempre uma declamação coletiva e repetida automaticamente de poemas úteis, inexpressivos e sem beleza. E o resultado dessa declamação é a humanidade, o presente. – Os garçons descem as portas de aço. Todos os bares se fecham. O lugar fica semideserto, à exceção das duas mulheres de pé, ainda assustadas, e de nós, é claro.

- Talvez se falássemos somente por metáforas, nos entenderíamos melhor e humanidade seria outra. Isso se a metáfora consistir em expressar os vínculos secretos entre as coisas.

- Seríamos todos Jesus. – Elas se entreolham e resolvem se sentar na mesma mesa. Ainda sobrara vinho.

- Se falarmos como ele, pensarmos como ele, portanto, sentiremos como ele e seremos ele. Então os cristãos deveriam ensinar principalmente as crianças a falarem como Jesus, seria o primeiro passo. As crianças aprendem facilmente o que recebem e conservam pra sempre. Assimilam em cera e conservam em mármore. Mas ninguém é interiormente cristão. Desejamos ser Napoleão, Don Juan, Salomão, Sansão, ao invés de Jesus ou Jó...

- Existem milhares de outras alternativas, ou seja, outras bibliotecas, além dos livros sagrados, outros personagens, além de Jesus, Deus, Davi, Salomão, Sansão, apóstolos, mais realistas e razoáveis... - As duas bebem e fumam. Eu dou mais uma tragada e bebo ouro gole.

- É, a Bíblia é uma biblioteca de textos de autores com estilos diferentes, de tempos distintos, mas as pessoas acreditam que foi escrita pelo próprio personagem principal... – Rimos juntos.

- Pois é, os gregos e romanos, que acreditavam e se espelhavam em outros personagens, tinham uma outra moral, uma outra vida sexual, por exemplo... - Elas começam a se descontrair. Os ecos de suas falas se misturam às nossas no saguão do Arcângelo.

- Talvez o sucesso da literatura, da mitologia cristã em detrimento da greco-romana, seja o fato do cristianismo ter proposto uma nova ordem social, onde os mais fracos, os mais humildes tivessem vez, fossem protegidos pelo Estado, sendo a maioria. Seria uma religião de escravos, conforme afirmou Nietzsche. Por isso, a civilização da Roma Antiga, onde os mais fortes e poderosos escravizavam os mais fracos, foi substituída pela judaico-cristã. Porém, a desejo de poder de dominar, que é imanente ao ser humano, não é substituível, e a Deusa da Justiça ainda permite a acumulação, a exploração e os impérios.

- Mas fico imaginando se nossa sociedade tivesse adotado outras mitologias... O Brasil, por exemplo, se ao invés da Bíblia, seguisse as mitologias indígenas, dos que aqui habitavam... - Embaixo das mesas delas, o pé de uma roça a perna da outra. Olho pra trás, pros lados. Não há ninguém além de nós.

- Bom, o ser humano não tem a liberdade de escolher o que seguir, em que acreditar... Depois de adulto, dificilmente consegue se libertar da crença herdada, ou de que só exista um livro sagrado a seguir, ou de que só um livro contenha a verdade.

- E não conseguem enxergar que existem tantas outras opções e mais aquelas que virão a inventar... Bem, existe a quase infinita literatura... - Elas começam a se beijar, afagando-se os cabelos negros e loiros.

- Mas a maioria se abstém dela, não é? São ascetas que se abstêm da literatura, masoquistas que se castigam não se sabe por que motivo. A literatura é uma das poucas formas de felicidade existentes, e abster-se dela é uma das muitas formas de estupidez...

- As pessoas precisam da certeza pra viver, da verdade, da segurança de uma certeza, de uma tábua de salvação nesse oceano de dúvidas, por isso elegem um deus, um livro, uma crença... - Vagarosamente elas apertam as mãos nos bustos uma das outras. Meu coração dispara.

- E ignoram que a dúvida é um dos bens mais preciosos do homem. Ou seja, a incerteza é um bem, a insegurança é um bem.

- E da dúvida é que nasce o diálogo, se não houver ninguém do outro lado se defendendo com a armadura de uma certeza. - Começam a tirar os vestidos. Olho desesperado pros lados. Ninguém. Francisco parece não perceber nada. Meus lábios se contraem.

- Sim. Só assim pode existir o diálogo. O senhor já deve ter observado que somente o judaico-cristianismo-islamista produziu guerras religiosas.

- Vide a guerra entre os leitores dos livros de Israel e de Maomé... São duas certezas se confrontando, não há dúvida, não há diálogo, apenas dois monólogos se atacando... – Elas ficam nuas, mas não retiram as joias brancas e douradas. Não tiram as alianças de casamento... Só então percebo que os jovens presos eram seus maridos.

- E como são religiões baseadas na ideia de inferno e céu, ou seja, castigo e recompensa, castigam-se uns aos outros, esperando uma recompensa depois. O que é uma imoralidade, já que essas religiões funcionam no esquema de punição ou suborno, pragas ou bençãos, inferno e céu...

- E assim são educados desde crianças, adulteradas desde o berço. - Vejo nascerem nádegas lunares, brotarem botões róseos de seios. Bebo nervosamente meu último copo de cerveja.

- Não julgam seus atos em si, julgam pelos seus resultados, pelos seus objetivos finais, pelo castigo ou suborno que esperam deles.... Não julgam os meios pra chegarem lá, não avaliam o caminho, o que fazem no presente, o que é uma imoralidade...

- E condicionar crianças é absolutamente ruim, não há consequência, por mais complexa que seja, que justifique isso... Elas são fantasias encarnadas, amam com facilidade e tem fé em tudo, mas são corrompidas rapidamente... - Uma escultura de corpo de mármore se entrelaça a outra de cobre. Dou uma profunda tragada em meu cigarro.

- E o pior é que os adultos também vivem de fantasias... Só que de fantasias burras, as vezes raivosas e cruéis... De modo que eu penso que, na verdade, existe inocência e burrice na maldade e inteligência e maturidade na bondade. A inteligência leva à bondade...

- Mas há o desejo de poder ser superior e a competição da vida adulta. Como você disse, a cooperação coletiva é compulsória, e a solidariedade quer uma recompensa... – Rimos. Elas se abraçam e se beijam ajoelhadas.

- Por isso acho essencial que, por mais certos que acreditemos estar, sejamos suficientemente humildes pra tentar repensar nossas certezas, melhorar-nos enquanto homens. Não existe nenhuma evolução ou revolução possível numa sociedade se cada indivíduo não muda pra melhor.

- Sim, porque os líderes, aqueles que detêm algum tipo de poder são indivíduos. Então, o político deve se abster da corrupção, o professor tem de procurar ser mais dedicado, os pais têm de procurar educar melhor seus filhos, cada viciado tem de deixar de usar drogas, cada cidadão, de querer levar vantagem em cima do outro... Isso é uma utopia, mas, talvez, se algum líder, organização ou grupo social começar isso, influencie os demais, as multidões... As multidões são mais manejáveis, mais modificáveis, porque são mais simples que os indivíduos. – Elas estendem os vestidos no chão e se deitam.

- Um país construído exclusivamente de ególatras, inseguros existenciais, possessivos, apegados a tudo, onde cada um só pensa em seu destino pessoal, o resultado é a ruína geral, é a tragédia social... A soma de todos eles dará sempre um resultado negativo.

- Sucessos individuais e derrota geral da coletividade... Mas acabamos descambando pra a política. – A morena começa um beijo, que vai escorrendo pelos lábios, queixo, pescoço da loira.

- A beleza é uma forma de medo ou inquietude...

- Hem?! O que o senhor disse?! – E os beijos escorrem do pescoço pra os rosados seios em flor.

- Se não me dissessem que era o amor, eu teria pensado que era uma espada nua...

- A linguagem cotidiana devia ser parnasiana para poder descrever a beleza da vida, diariamente. – E vai beijando o ventre níveo da outra... Depois invertem-se...

- O hálito da manhã envolve a floresta negra, enquanto a bruma noturna umedece a dourada floresta de outono... Um cego só enxerga por imagens literárias, meu caro. Por isso, a literatura é mais real pra mim que a realidade. - Francisco se despede num aperto de mão e volta andando lentamente com sua muleta pra dentro do Sebo, como um velho tigre pra sua gruta, até desaparecer na escuridão profunda.